Die 222 Scheidungsgründe meiner Frau

Aus der Kategorie "Bücher die die Welt nicht braucht"

Das Buch ist meiner Frau Christine gewidmet –
in der festen Hoffnung,
dass es nie zu einer Scheidung wegen des 223.
Grundes kommen wird.

Thomas Stasch

Die 222 Scheidungsgründe meiner Frau

Bibliografische Information der Deutschen Nationalbibliothek:
Die Deutsche Nationalbibliothek verzeichnet diese Publikation in der Deutschen Nationalbibliografie; detaillierte bibliografische Daten sind im Internet über http://dnb.dnb.de abrufbar.

© 2016 Thomas Stasch

Herstellung und Verlag:
BoD – Books on Demand, Norderstedt

ISBN: 978-3-7412-4022-5

Wie alles begann

Ich weiß gar nicht mehr so genau, wann es angefangen hat. Ich weiß nur, dass es definitiv schon vor der Hochzeit losging.

Irgendetwas lief im Auge des weiblichen Betrachters ungewöhnlich und meine damalige Freundin (jetzt Ehefrau) sagte: "Das wäre ein Scheidungsgrund". Diesen Satz hörte ich dann mit einer erschreckenden Regelmäßigkeit, vor der Hochzeit und auch noch bis zum heutigen Tag.

Jetzt fragt man sich, warum ich die Frau denn dann geheiratet habe, wenn sie schon vor der Hochzeit von Scheidungsgründen redete. Naja, es muss wohl doch so etwas wie Liebe gewesen sein. Wahrscheinlich ist es das heute noch, denn schließlich wir sind noch immer miteinander verheiratet. Den magischen Satz "Das wäre ein Scheidungsgrund" höre ich noch heute mit einer wiederkehrenden, regelmäßigen Sicherheit.

In einer abendlichen Weinlaune und bei einer der vielen "das wäre ein Scheidungsgrund"-Gelegenheiten rutschte es mir dann plötzlich und auch für mich unerwartet heraus: "Ich glaube ich schreib' irgendwann einmal das Buch der 222 Scheidungsgründe meiner Frau!" Wie so vieles im Leben eines Mannes, war auch das nur eine leere Drohung - bis heute!

Denn nun sitze ich im Wohnzimmer an meinem Laptop und fange nach 14,5 Jahren Beziehung und 12,5 Jahren Ehe mit diesem Buch an - tatsächlich! Schade ist nur, dass ich mir in den vergangenen Jahren keine Notizen gemacht habe. Das hätte die Sache vereinfacht.

Was mache ich? Wie gehe ich vor? Ich könnte versuchen, die Vergangenheit Revue passieren zu lassen und mich an die vergangenen 1000 Scheidungsgründe zu erinnern, um die schönsten 222 heraus zu suchen und hier zu veröffentlichen. Einfacher ist es aber wohl einfach abzuwarten und ab jetzt mit den Notizen zu beginnen und fortlaufend aufzuschreiben. Ich bin mir sicher, dass ich auch so noch die 222 Scheidungsgründe zusammen bekomme. Um den Fortschritt des Buches zu beschleunigen, werde ich eine Mischung aus alten und neuen Gründen niederschreiben.

Wenn in unserer Beziehung eines wirklich Bestand - also neben der Liebe - hat, dann ist es die Regelmäßigkeit mit der meine Frau den Satz "Das wäre ein Scheidungsgrund" wiederholt.

Übrigens... an dieser Textstelle habe ich todesmutig die Einleitung meiner Schwiegermutter zu lesen gegeben. Einziger Kommentar: "Mach Du mal. Das wird ein Buch, das die Welt nicht braucht, aber mach' mal. Das klingt lustig." Auch meine Frau sagte, ich solle dieses Buch ruhig schreiben. Das haben sie nun davon. Jetzt dürfen sie sich nicht beschweren!

Heute meinte meine Frau, dass sie nie wieder den Satz von sich geben werde. Wenn Sie als Leser dieses Buch jetzt aber in den Händen halten, dann hat sich meine Frau wohl getäuscht und ihr sind doch noch ein paar Mal diese Worte über die Lippen gekommen.

Eine wirklich verwunderliche Tatsache ist, dass das Schreiben und Veröffentlichen dieses Buches kein Scheidungsgrund ist. Im Gegenteil, nachdem ich die ersten Zeilen auf dem Sofa sitzend geschrieben hatte, wollte meine Frau den Text lesen und hat sich dabei sehr amüsiert. Vielleicht dachte sie ja bis dahin, dass ich dieses Buch nie und nimmer mehr zu Ende bringen oder gar veröffentlicht bekommen werde.

Warum dieses Buch?

Hm, was ist der Zweck dieses Buches? Eigentlich hat es keinen triftigen Grund, außer dass ich meine Drohung wahr machen wollte, es zu schreiben. Ich halte mich nun mal gerne an meine Versprechen. Allerdings habe ich in meinem Leben oft genug erfahren dürfen, dass alles einen Sinn hat, so muss auch dieses Buch wohl einen Sinn haben.

Ein möglicher Sinn könnte sein, Männern, die in einer ähnlichen Situation sind, zu zeigen, dass sie nicht alleine sind. Aber welcher Mann wird dieses Buch schon lesen? Wohl eher keiner.

Vielleicht dient es aber auch als Beweis, dass man trotz tausender Gründe die gegen die Ehe sprechen, zusammen sein kann und es trotzdem klappt.

Oder aber – wenn gar nichts anderes mehr hilft – so kann dieses Buch vielleicht die Vorlage für eine Verteidigungsstrategie vor dem Scheidungsrichter sein.

**Der wahrscheinlich einzige
tatsächliche Scheidungsgrund**

Auch wenn meine Frau immer recht leichtfertig sagt, dass sie sich scheiden lassen würde, so dürfte (hoffentlich) keiner der Gründe in diesem Buch zu einer ernstgemeinten Trennung führen. Aber einen Grund gibt es, bei dem ich mir nicht so sicher bin. Dieser hat allerdings eine Vorgeschichte.

Die Vorgeschichte begann irgendwann nach der Jahrtausendwende, als ich auf die grandiose Idee kam, nebenberuflich zu studieren. Das erklärte Ziel war, einen Fachhochschulabschluss zu erlangen. In den Jahren des Studiums war Zeit etwas sehr Kostbares. Wenn andere Menschen im Sommer im Biergarten saßen oder sich auf der Terrasse den Bauch braun brutzeln ließen, saß ich mit Fachbüchern oder Lernbriefen bewaffnet im Stuhl und habe mich mit „spannenden" Themen befasst. Irgendwann – nach vielen zu kurzen Nächten, endlosen Lerntagen und Prüfungswochen – war es dann soweit und ich hielt das Diplom in den Händen. Der erste Satz meiner Frau war nicht: „Toll mein Schatz" oder „Hast Du super gemacht". Nein, er lautete: „Wenn Du noch einmal auf die Idee kommen solltest, zu studieren, dann lasse ich mich scheiden!" – Da war er also wieder...

Einige Jahre später kam der Bologna Prozess und in Folge dessen war der Fachhochschulabschluss international nur noch einen Bachelor wert. Irgendwann stolperte ich dann über die Angebote meiner damaligen Hochschule und ich sah, dass ich dort nun mit einem Aufbaustudium relativ schnell zu einem Master Abschluss (Master of Science) kommen konnte. Die Idee fand ich natürlich ziemlich gut, aber der Satz meiner Frau klingelte mir in den Ohren.

Als ich dann abends heim kam, druckste ich herum und es dauerte eine Weile, bis ich zum Punkt kam und von der Studienmöglichkeit erzählte. Als ich fertig war, zuckte ich innerlich zusammen, als sie zu einer Äußerung ansetzte und sie sagte: „Wenn Du es jetzt nicht machst, dann nie." Das war einer der wenigen Momente in meinem Leben, in dem ich mal sprachlos war. Und so dauerte es dann noch zwei oder drei Monate und ich begann meinen Master-Studiengang.

An dessen Ende – nach den üblichen Strapazen und wenig Freizeit – dann wieder ein Satz aus dem Munde meiner Frau kam, den ich wirklich ernst nehme: „Wenn Du jetzt noch auf die Idee kommst zu promovieren, dann lasse ich mich wirklich scheiden!".

Der Anfang

Hier kommen einige der Highlights aus der Vergangenheit, die in meinem Hirn hängen geblieben sind.

1. Urlaub auf dem Bauernhof

Das erste Mal, dass der Satz „...dann lasse ich mich scheiden" gefallen ist, war ziemlich am Anfang unserer Beziehung. Wir waren im Herbst zusammen gekommen und wollten dann über Karneval ein paar Tage zusammen wegfahren. Es sollte nicht zu weit sein und wir wollten mit dem Auto fahren. Also suchten wir uns eine Ferienunterkunft am Meer.

Während wir so am PC saßen und uns verschiedene Unterkünfte anschauten, fanden wir auch eine nette (so fand ich) Ferienwohnung auf einem Bauernhof. Als Kind war ich mit meinen Eltern ganz oft auf Bauernhöfen gewesen und es war jedes Mal toll. Ich sagte also: „Wie wäre es denn damit?" und die Reaktion war: „Ich komme vom Land! Niemals werde ich einen Urlaub auf dem Bauernhof machen. Wenn ich Stallgeruch will, brauche ich nur in den Nachbarort zu gehen. Nicht im Urlaub! Urlaub auf dem Bauernhof wäre für mich ein Scheidungsgrund!". Da hatten wir es... und jetzt wo ich mich dran erinnere, ist auch klar, dass der erste Scheidungsgrund noch vor unserer Eheschließung ausgesprochen worden war.

Übrigens: Bis jetzt waren wir auch wirklich noch nie auf einem Bauernhof in Urlaub. Und unsere Kinder werden sicher auch nie mit uns zusammen so einen Urlaub verbringen (müssen).

Die weiteren Scheidungsgründe

Im normalen Alltag kam und kommt es immer wieder zu Situationen, in denen entweder das Fremdschämen für mich bei meiner Frau einsetzt oder ich wieder einmal eine meiner vermeintlich tollen Ideen habe, sprich Situationen in denen es einen potentiellen Grund gäbe, sich endgültig von mir zu trennen. Ursprünglich hatte ich geplant die Scheidungsgründe zu gruppieren. Aber meine Korrekturleser haben mich schließlich von diesem Vorhaben abgebracht.

Sie finden nun die weiteren 221 Gründe aus den unterschiedlichsten Lebensbereichen erzählt.

2. Der Schnauzbart

Während ich morgens mit meinem Sohn beim Frühstück saß und er mit einem kleinen Spielzeug-Feuerwehrmann spielte entdeckte er etwas Neues: Die Spielfigur hatte unter der Nase einen Schnauzbart. Wie man es von kleinen Kindern kennt, kam dann auch sofort die Frage, was das denn sei. Ich erklärte es ihm und sagte dazu noch: "Wenn ich mich morgens nicht mehr rasiere, habe ich auch bald so einen Schnauzbart." und sofort erklang aus dem Badezimmer die Stimme meiner Frau: "Das ist ein Scheidungsgrund!". Wer mich also mal mit Schnauzer sieht weiß, dass ich geschieden bin.

3. Der Taxi-Missbrauch

Der dritte Scheidungsgrund ist auch einer der Gründe, die ausgesprochen wurden, bevor wir überhaupt verheiratet waren.

Es ergab sich folgende Situation: Mit einem Kollegen hatte ich um ein Fässchen Bier in einem Brauhaus gewettet und die Wette gewonnen. Also trafen wir uns mit ein paar anderen Kollegen an einem Abend im Brauhaus unserer Wahl. Wir hatten sehr viel Spaß und tranken das gewonnene Fässchen und vielleicht sogar noch ein zweites oder drittes.

Meine Noch-Nicht-Frau hatte mir zugesagt, dass ich sie nur kurz anrufen müsse, damit sie mich holen komme. Zu diesem Zeitpunkt wohnten wir noch nicht zusammen.

Irgendwann war dann der Punkt erreicht, dass die Party ein Ende fand und wir alle leicht angesäuselt heim wollten. Ich tätigte den Anruf. Meine Freundin kam mich – wie versprochen – holen und brachte mich nach Hause.

Was ich in meinem Zustand nicht wahrnahm war, dass auf der Rückbank ihres Wagens die kleine Reisetasche lag, die sie immer für Übernachtungen bei mir mitbrachte.

Wir erreichten meine Wohnung und ich nuschelte ein „vielen Dank, mein Schatz", stieg aus dem Auto, schloss die Beifahrertür und trottete in Richtung Hauseingang.

Einen Tag später erfuhr ich dann, dass meine Frau ziemlich sprachlos im Auto gesessen hat und einfach nicht wusste, wie ihr geschah. Wie ein Taxi hatte ich das Auto verlassen, sie noch nicht einmal mehr gefragt, ob sie mit rein kommen möchte. Und dies, wo sie in ihrer Vorstellung fest davon ausgegangen war, die Nacht bei mir zu verbringen.

Der Wiederholungsfall wurde damit direkt zu einem Scheidungsgrund erklärt.

4. & 5. Fernseh-Schnulzen-Scheidungsgründe

Wer kennt sie nicht? Die Sendung, die Millionen Frauen vor den Fernseher zieht und ihnen Tränen in die Augen treibt. Nein, ich rede jetzt von keiner Shopping-Sendung über Schuhe, sondern von etwas viel Schlimmeren: "Nur die Liebe zählt" mit Kai Pflaume. Irgendwann einmal musste auch ich dieses TV-Spektakel über mich ergehen lassen und fragte dabei beiläufig, ob sie denn auch eine Liebeserklärung im Fernsehen bei Pflaume bekommen möchte. Und jetzt freute ich mich mal ausnahmsweise über den Satz: "Das wäre ein Scheidungsgrund!" - An dieser Stelle würden sicherlich viele (wenn nicht die meisten) Männer mit mir tauschen wollen. Übrigens: Für mich wäre eine Liebeserklärung bei Pflaume auch ein Scheidungsgrund!

Passend dazu gab es ja auch noch die Produktion "Traumhochzeit" mit Linde de Mol. Wenn ich schon nicht bei Pflaume den Antrag machen darf, so fragte ich mal frech nach, was denn mit einer Hochzeit bei Linda wäre. Auch dies wäre ein Scheidungsgrund gewesen.

Vielleicht gibt es ja mal eine Scheidungssendung...

6. Die Gurke in der Schublade

Wenn wir abends faul vor dem Fernseher sitzen, greifen wir beide - da ist keiner von uns besser - in die Schublade unter dem Wohnzimmertisch und holen uns etwas zum Naschen. Irgendwann meinte meine Frau dann mal zu mir, wir müssten doch mal etwas gesünder leben und abends eher Gurken als Weingummi oder Chips essen. Entsprechend habe ich dann beim nächsten Einkauf einmal ein

Glas Gurken und eine Salatgurke mitgebracht (man braucht ja etwas Auswahl) und in der Schublade versteckt. Kaum kam meine Frau nach Hause, steuerte sie die Schublade voller Neugier an, was ich denn so eingekauft hätte. Die Neugier erklärt sich daher, dass ich schon mal merkwürdige Dinge mitbringe, um etwas Neues auszuprobieren.

Auf den ersten Blick sah sie gar nicht, was in der Schublade war - oder es war die Schrecksekunde - dann zuckte sie zusammen, drehte sich zu mir um und sagte: "Das ist ein Scheidungsgrund!". Wieso? Habe ich nicht nur das gemacht, was sie wollte? Verstehe einer die Frauen...

7. Die wahre Größe

Vor Weihnachten redeten wir über die Fragestellung, ob wir in diesem Jahr einen Weihnachtsbaum bräuchten oder nicht. Damals, als wir noch keine Kinder hatten, war das ja nicht unbedingt notwendig. Ich muss aber zugeben, dass ich eigentlich immer auf einen Christbaum bestanden habe, denn ein Weihnachten ohne Baum wäre für mich kein Weihnachten. So auch in dieser Diskussion. Sie gab sich geschlagen und meinte dann, dass es diesmal nur ein kleiner sein solle; ein Baum der maximal so groß wäre wie sie.

Im Gegensatz zu Anglern, die immer gerne Forellen in der Größe eines Blauwals angeln, habe ich dann auch realistisch einen Baum von ca. 165 cm eingekauft. Meine Frau war ein wenig entsetzt – nein sie war ziemlich entsetzt – und beschwerte sich über den mickrigen Baum. Es kamen Sätze wie: "Wir wollten doch einen Baum und keinen Zweig!". Als ich dann erwiderte, dass er doch so klein wäre, wie sie, kam auch postwendend die passende Antwort: "Das ist ein Scheidungsgrund!"

8. Rustikal

Wie oben schon einmal erwähnt, ist der Urlaub auf dem Bauernhof ein simpler Scheidungsgrund, aber es gibt noch einen viel einfacheren.

Wir sind bekennende Ferienhaus-Urlauber und haben einen gewissen Anspruch an die Einrichtung unserer Ferienunterkunft. In der Regel buchen wir modern eingerichtete, helle Objekte. Das absolute Gegenteil, also dunkle Wohnungen, durchgängig in Eiche-Rustikal gehalten und am besten noch mit Holzvertäfelungen an Wänden und Decken, fallen auch in die Rubrik der Scheidungsgründe.

Ich hatte mal den Fehler gemacht eine günstig gelegene und preiswerte Ferienwohnung dieser Kategorie heraus zu suchen und meiner Frau vorzuschlagen: Im Sinne der Ehe war das keine gute Idee! Noch nicht einmal als Scherz.

9. Flugstunden

Viele unserer Bekannten schwärmen beim Thema Urlaub von Fernreisen, seien es die Malediven oder Australien. Als ich dann einmal mit dem Vorschlag um die Ecke bog, einen Bekannten in Kanada besuchen zu fliegen kam die Frage nach Flugdauer. Diese habe ich wahrheitsgemäß beantwortet und es schlug mir eine Welle der Entrüstung entgegen.

So lange eingepfercht in einem Flugzeug zu verbringen wäre ja wohl auf jeden Fall ein Scheidungsgrund. Folglich verbringen wir unsere Urlaube tendenziell eher in Europa. Aber um ganz ehrlich zu sein: So scharf bin ich auch nicht darauf stundenlang im Flieger zu sitzen.

10. Strandröstung

Einer unserer Urlaube, der wegen vier Stunden Flugzeit knapp am Scheidungsniveau vorbeikratzte, führte uns auf die kanarischen Inseln. Wir beide waren einer Meinung: es war traumhaft schön. Es war auch einer der ersten Urlaube, die wir gemeinsam verbrachten.

Hier stellten wir dann eine Gemeinsamkeit fest. Wir beide sind nicht die Leute, die am Strand liegen und sich 14 Tage in der Sonne rösten lassen; nein, wir wollen etwas sehen und auch Kultur erleben.

Das tagelange Liegen am Strand wäre ein Scheidungsgrund - vielleicht sogar einer, den auch ich unterschreiben würde.

11. Nackte Tatsachen

Erinnern wir uns an Scheidungsgrund 10, den Urlaub auf den Kanaren. Dort lernten wir einige andere Touristen aus Deutschland kennen. Viele von Ihnen schoben ein noch größeres Bierbäuchlein als ich vor sich her und waren gerne und ausgiebig mit nacktem Oberkörper zu sehen. Es ist schon merkwürdig, dass sich bei den Männern - ähnlich wie bei den Frauen - diejenigen, die es sich leisten könnten, es in der Regel nicht machen. Ich zähle sicherlich auch zu der Kategorie derer, die es sich nicht leisten können. Und wenn ich trotzdem versuchen würde mit nacktem Oberkörper durch den Urlaubsort zu laufen, wäre das - so durfte ich beim Anblick des ersten Dicken mit nacktem Bauch erfahren - ein Scheidungsgrund.

12. Fast...

Eines Abends wäre ich am Pool beinahe in eine Falle getappt. Ich überlegte gerade, meiner Frau einen kleinen Schubs zu geben, damit sie einfach so im Hotelpool verschwindet. Einfach nur so; just for fun.

Zufällig kam ein anderer Hotelgast eine Sekunde früher auf den Gedanken. Natürlich bei seiner Frau. Mir schoss direkt durch den Kopf "Mist! Zu langsam! Nachmachen ist blöd." als neben mir die Stimme sagte: "Wenn Du das machen würdest, wäre das definitiv ein Scheidungsgrund". Man kann also sagen, dass dieser fremde Urlauber – ohne es zu wissen – meine Ehe gerettet hat.

13. Fußmodell

Ich gehöre zu der Sorte Menschen, bei denen die Füße nicht unbedingt zu den schönsten Körperteilen zählen. Oder um es mit den Worten meines Orthopäden zu sagen: Ich könnte problemlos als Fuß-Modell arbeiten - in der Pathologie! Denn meine Füße haben alles, was Füße eigentlich nicht haben sollen.

So ist es auch zu erklären, dass man mich eigentlich immer zumindest in Socken sieht - das Bett mal ausgenommen. Als ich im Sommer eines Abends mal auf die glorreiche Idee kam, meine nackten Füße zu erheben, um sie zur Entspannung auf dem Sofa zu platzieren kam nach dem obligatorischen "Iiiii!" die wichtige Info, dass dies mit Sicherheit ein Scheidungsgrund ist. Meine verunstalteten Füße würden nackt nicht auf ein Sitzmöbel gehören und optisch auch nicht passen.

14. Ein Herz für Tiere – oder auch nicht

Bereits vor der Hochzeit zeichnete es sich schon ab. Ich musste mich entscheiden und zwar nicht nur für die eine Frau, sondern gleichzeitig auch gegen jede Art von Haustieren. Nicht dass meine Frau Tiere nicht mag, aber sie mag sie nicht in unmittelbarer Nähe. Denn Tiere riechen meistens und sind nicht so pflegeleicht wie ich - kleiner Scherz!

Und auch nachdem nun Kinder da sind, hat sich diese Einstellung nicht geändert. Bei der Diskussion, was denn wäre, wenn eines der Kinder mal einen Hund oder eine Katze haben möchte, wurde mir ziemlich klar gemacht, dass dann die linke Betthälfte unseres Ehebettes – ich liege rechts – leer bleiben würde.

15. Das große Fressen

Dieser Scheidungsgrund hat eine kleine Vorgeschichte. Wir treffen uns regelmäßig oder unregelmäßig mit einem befreundeten Pärchen. Die Treffen finden abwechselnd bei ihnen oder bei uns statt.

Bei einem derer Treffen bei unseren Bekannten gab es dann Fondue als Abendessen. Fondue mit einer Menge Fleisch!

Eigentlich ist ja nichts Schlimmes passiert, nur dass wir zwei Männer an dem Abend mehrere Kilogramm Fleisch vernichtet haben. Aber unsere Traumkörper brauchten auch Input und Energie.

Vor dem nächsten Termin wurde mir dann mehrfach eingetrichtert, dass dieses große Fressen ziemlich peinlich gewesen wäre und wenn es nochmals vorkommen würde, eine Scheidung winken könnte. Interessanter Weise habe nicht nur ich mich seit dem zurück gehalten. Ob da jemand anders auch mit Scheidung gedroht hat? Das sollte ich vielleicht hinterfragen.

16. Knutschbär

Gerade im Frühjahr sieht man es immer wieder. Auf öffentlichen Plätzen, in Eiskaffees, an der Bushaltestelle, im Schwimmbad, einfach überall. Die Rede ist von knutschenden Pärchen.

Uns wird man allerdings unter Garantie nirgends in so einer Situation erwischen, denn laut meiner Frau wäre Knutschen in der Öffentlichkeit ein Scheidungsgrund. Sollte man mich doch eines Tages knutschend sehen, kann es dafür nur eine Erklärung geben: Die Frau mit der ich knutsche ist nicht meine Frau, sondern meine Geliebte. An der Stelle bitte ich jetzt schon mal um Diskretion!

17. Schwellentransport

Wäre dieses Buch chronologisch geordnet, so würde dieser Grund ziemlich weit an den Anfang der Geschichte gehören. Wahrscheinlich handelt es sich hierbei um den ersten Scheidungsgrund der nach der Hochzeit ausgesprochen wurde. Ich würde mal schätzen, dass es ca. 12 Stunden nach der kirchlichen Trauung gewesen sein muss. Wir waren grade nach Hause gebracht worden und befanden uns im Treppenhaus des Mietshauses in welchem wir damals wohnten.

Und wie es guter Brauch ist, schnappte ich mir meine frisch Angetraute, um sie über die Schwelle zu tragen. Ihre Füße hatten noch nicht ganz den Bodenkontakt verloren, als es in meinen Ohren schallte, dass ich sie sofort herunter lassen solle. Sie zu tragen wäre ein Scheidungsgrund. Aller Wahrscheinlichkeit nach haben wir das ganze Haus mit dem Lärm geweckt, den wir veranstaltet haben.

Wie mag es ausgegangen sein, fragen Sie sich jetzt sicherlich. Damals war ich noch so überzeugt von mir, dass ich das Risiko einging. Selbstverständlich habe ich meine Frau (unter lauten und heftigen Protesten) über die Schwelle getragen. Und sie hat die Scheidung nicht eingereicht, was aber ggf. daran gelegen haben könnte, dass wir beide wussten, dass noch Reste vom Buffet und der Hochzeitstorte für die Feier am zweiten Tag übrig waren.

18. Kussvorbereitung

Küssen aus Grund 16 ist ein gutes Stichwort, denn in diesem Zusammenhang gibt es noch einen potentiellen Scheidungsgrund, der auch mit einer gewissen Regelmäßigkeit hochpoppt.

Als bekennende Nord- und Ostsee-Urlauber kommt es bei mir regelmäßig vor, dass ich in diesen Urlauben Krabbenbrötchen esse; es gibt kaum eine leckerere Zwischenmalzeit. Diese Begeisterung für die kleinen Meereslebewesen wird aber von meiner Frau nicht wirklich geteilt, um nicht zu sagen: Sie findet Krabben ziemlich ekelig und das Essen derselben erst recht. So ist es auch nicht verwunderlich, dass ein Kuss nach - oder besser noch während - eines Krabbenbrötchens auf der absoluten Don't-Liste steht. Ohne Zähneputzen und intensive Mundspülung, ist an einen Kuss nicht zu denken.

19. Karaoke bis die Leute flüchten

Dieser Grund könnte eigentlich auch unter einer anderen Rubrik stehe, aber da er in einem Urlaub manifestiert wurde, ist er nun im Bereich Urlaub angesiedelt.

Es ereignete sich in einem schönen All Inclusive Urlaub auf einer spanischen Insel im Mittelmeer. Abends gingen wir regelmäßig in die Hotelbar, in der dann auch eine Animation geboten wurde. Wir hatte ein anderes Urlaubs-Pärchen kennengelernt und gemeinsam viel Spaß.

Einer der Urlaubstage war zufällig mein Geburtstag und das Abendprogramm hieß Karaoke. In einer gewissen Weinlaune kam dann die Idee auf, dass wir beiden Männer ein Duett singen könnten: den schönen Klassiker "Marmor Stein und Eisen bricht". Noch während der Überlegungen kam der Protest mit der üblichen Drohung.

Ob es nun am durch den Alkohol gewonnenen Mut lag oder einfach nur Leichtsinn war, kann ich im Nachgang gar nicht mehr sagen: Wir haben gesungen - und es war grausam. Wie sagte der Animateur in schlechtem deutsch zu uns: Nicht schön, aber laut.

20. Halleluja

Für einen potentiellen Scheidungsgrund ist unser kleiner Sohn mitverantwortlich. Seit einem Kirchenbesuch sang er dauernd „Halleluja". Um ihm dann eine Freude zu machen, suchte ich genau nach diesem Halleluja auf „youtube" und brannte es ihm auf eine CD, die er in seinem Kinder-CD-Player dann hören kann, wenn er Lust darauf hat.

Als die CD dann das erste Mal im Beisein meiner Frau lief, verzog sie ihr Gesicht und sagte etwas davon, dass sie selten so einen schiefen Gesang gehört hätte. Diese schiefe Halleluja-CD wurde umgehend zu einem Scheidungsgrund erkoren. Jedes Mal, wenn nun unser Sohn die Halleluja-CD anmacht, muss ich um meine Ehe bangen.

Kein Scheidungsgrund

Es ist schon etwas befremdlich, aber es gibt auch Dinge, die offensichtlich keinen Scheidungsgrund darstellen, auch wenn man hier eigentlich einen erwartet hätte. So zum Beispiel geschehen in einem Herbsturlaub vor mehreren Jahren: Wir verlebten ihn in einem dieser vielen Orte an der Nordsee, die mit "...siel" enden. Draußen waren es gemütliche 20°C und wir standen am Fuße des Deiches und es juckte mir in den Zehen ins Wasser zu gehen, denn wir hatten gerade Hochwasser.

Nach kurzer Überlegung zog ich mich bis auf die Unterhose aus und ging ins Wasser, während meine Frau nur kopfschüttelnd am Ufer stand.

Eigentlich hatte ich mit einem Scheidungsgrund gerechnet, aber es kam kein Ton.

Fremdschämen ist sicherlich einer der Schlüsselbegriffe bei den Scheidungsgründen, d.h. ich würde provokant die These aufstellen wollen, dass jede Situation in der sich meine Frau für mich oder mein Verhalten schämen würde, das Potential zu einem weiteren Absatz in diesem Buch liefern würde.

Wenn ich ganz ehrlich bin, habe ich genau dies sicherlich ein oder zweimal billigend in Kauf genommen.

Umso verwunderlicher ist es dann, wenn man in einer Situation verhaftet ist und in Gedanken schon auf den Satz "das ist ein weiterer Grund, den du in die Liste der Scheidungsgründe mit aufnehmen kannst" klingen hört - und dann kommt er einfach nicht. So geschehen in einem Winter:

Wir waren bei meinen Schwiegereltern, um dort mit den Kindern Schlitten zu fahren. Nach ein paar Stunden im Schnee kamen wir dann zurück. Ich war von oben bis unten nass vom Schnee und wollte (als guter Schwiegersohn) den Schnee nicht mit ins Haus tragen, wo ich meine Wechselkleidung deponiert hatte. Also stellte ich mich an das an der Hauptstraße geparkte Auto, zog mich bis auf die Unterhose aus. Die Minustemperaturen störten dabei kaum. Ich lud die nassen Klamotten in den Kofferraum und klingelte anschließend - nur in Unterhose bekleidet - an der Haustür der Schwiegereltern.

Meine Frau schüttelte nur den Kopf, aber der Satz, den ich erwartet hatte, kam einfach nicht.

Dass sie sprachlos gewesen ist, möchte ich an dieser Stelle kategorisch ausschließen.

Wer jetzt glaubt, dass meine Frau unter mir leidet, weil es so viele potentielle Scheidungsgründe gibt oder ich unter meiner Frau leide, weil sie so viele findet, der irrt. Es gibt auch umgekehrt Scheidungsgründe, aber natürlich nicht so viele, sonst hätte ja meine Frau auch einen Grund so ein Buch zu schreiben. Um Ihr die Chance vorweg zu nehmen, baue ich hier mal zwischendurch auch die umgekehrten Gründe ein – es sind aber nur 10 Stück.

Macken meiner Frau: 1 von 10

Ich weiß nicht genau woran es liegt, aber meine Frau rennt zu Hause und bei jeder anderen Gelegenheit gerne barfuß herum. Es macht ihr auch nix aus barfuß über Steine oder Grastoppeln zu laufen; Situationen, die ich zu vermeiden suche, da es mir weh tut. Von meiner Frau bekomme ich dann regelmäßig die Frage gestellt: "Bist du denn als Kind nie barfuß gelaufen?" worauf ich in der Regel mit "Nein, meine Eltern konnten sich Schuhe für mich leisten" antworte.

Aber nicht nur am Strand oder im Garten läuft meine liebe Gattin ohne Schuhe herum, sondern auch bei uns zu Hause. Es ist aber nicht so, dass sie keine Hausschuhe hätte, oh nein. Sie hat welche. Ich könnte mich dann vor Lachen auch immer in die Ecke schmeißen, wenn sie mal wieder mit dem kleinen Zeh gegen einen Stuhl, Türrahmen oder Schrank gedeppert ist und "autsch" von sich gibt. Schadenfreude...

Eine der wenigen Gelegenheiten zu denen sie Hausschuhe trägt ist, wenn es regnet und sie über die Terrasse den Müll hinaus bringt. Dann zieht sie sich an der Terrassentür die Schlappen an, geht zum Müll und parkt die Schuhe anschließend so vor der Terrassentür, dass man diese nicht mehr aufbekommt.

Ich habe schon alles Mögliche versucht, um das zu ändern: ein zweites Paar Schuhe gekauft und auf der Terrasse geparkt, Hausschuhe regelmäßig zur Seite gestellt, Hausschuhe versteckt, sie drauf angesprochen... Alles ohne Erfolg.

Die Hausschuhe meiner Frau blockieren den Weg nach draußen! Ich denke, ich werde es nicht mehr erleben, dass sich das Verhalten ändert.

21. Geschmacksverirrung bei Socken

Über Kleidung und Geschmack lässt sich wunderbar streiten. In manchen Dingen kann so ein Streit aber auch ziemlich schnell zu Ende sein und eine Ehe ggf. auch.

In meinem Job trage ich in der Regel Anzug und Krawatte, wobei ich einen sehr ausgefallenen Geschmack hinsichtlich der Krawatten habe: Ich versuche einfach nicht in der grauen Masse der Business-Men mit hellblauen Hemden und gestreiften Krawatten unter zu gehen.

Meine Frau achtet peinlichst darauf, dass alles passend kombiniert ist. Was dabei gar nicht gehen würde – man aber gerne insbesondere bei Mitbürgern aus dem Vereinigten Königreich beobachten kann – ist die Kombination aus einem schicken Anzug und weißen Tennissocken. Wenn ich mal aus

Versehen auf so eine Idee kommen würde, wäre der Ring an meinem Finger gefährdet. Wie gut, dass ich gar keine Tennissocken besitze.

22. & 23. Männerschmuck

Nicht besonders spektakulär, aber wo wir schon einmal beim Aussehen sind: Als ich meine Frau kennenlernte, trug ich noch eine goldene, dünne Kette mit einem kleinen goldenen Kreuz um den Hals. Ein Geschenk meiner Eltern. Diese musste dann sehr schnell abgelegt werden. In den Augen meine Frau ein No-Go.

Gleiches galt für das silberne Armband, welches ich mal von meiner Cousine geschenkt bekommen hatte. Auch das wurde zu einem Scheidungsgrund erhoben und verschwand von da an in meinem Nachttisch, wo es wahrscheinlich heute noch liegt.

24. Der mit dem Golf tanzt

Ist es nicht immer wieder faszinierend, wie laut man Autos nur durch Anbringen eines anderen Endschalldämpfers machen kann? Schon alleine der Sound bringt gefühlte 20 PS Leistungsgewinn, die man dann auch gerne zeigen muss.

Meine Frau kann diese Proleten nicht ausstehen. Und dann ereignete es sich... sie fand eine mehrerer alter Videokassetten. Darauf befand sich ein selbstgedrehtes Video aus meinen Sturm- und Drangzeiten. Es zeigte mich in einem VW Golf I durch die Wälder fliegen, schleudern und in einem

Zug unter Zuhilfenahme der Handbremse wenden. Kurz gesagt ein echtes Proleten-Video.

Wenn ich zu dem Zeitpunkt unseres Kennenlernens noch so ein „auffälliger Mitmensch" gewesen wäre, hätte sie dieses Verhalten als Scheidungsgrund benannt. Ich musste auch hoch und heilig versprechen, dass unsere Kinder dieses Video niemals zu Gesicht bekommen werden. Jetzt vermisse ich dieses Video. Irgendwie ist es abhandengekommen. Schade!

25. Misttreffer

Urlaub an der Nordsee gehört mit zu unseren Favoriten in Sachen Erholung. Und spätestens seit dem Schlager von Klaus & Klaus wissen wir alle, dass da Schafe auf den Deichen stehen.

In einem unserer Urlaube, als unser Sohn noch ganz klein war, haben wir uns einen Bollerwagen gemietet. Als guter Papa habe ich meinem Sohn die Schafe von Nahen gezeigt, während dieser gemütlich im Bollerwagen saß.

Mit anderen Worten: Wir sind auf der Deichkrone mitten durch die Herde hindurch gefahren und haben auch die einen oder anderen Schafexkremente gekreuzt.

Deutlicher ausgedrückt: Die Räder des Bollerwagens waren rundherum mit Schafsmist gepolstert und das Holz hatte auch einige (viele) Sprenkel abgekommen.

Das war auch wieder so ein Punkt, wo ich mir anhören durfte, dass dies eindeutig ein Scheidungsgrund sei. Aber nachdem ich dann den Wagen durch mehrere Pfützen gefahren und mit Gras abgeputzt hatte, konnte ich die Stimmung wieder retten und eine überstürzte Scheidung abwenden.

26. Händewaschen wird überbewertet

Der nächste Scheidungsgrund ergab sich dann allerdings innerhalb weniger darauf folgender Minuten. Ich kam auf die Idee, meiner Frau die Hand reichen zu wollen. Die Hand, mit der ich mit Grasbüscheln bewaffnet zuvor den Wagen von Schafsmist befreit hatte. Das war keine gute Idee!

Manchmal ist die Entfernung von Fettnapf zu Fettnapf halt sehr gering. Und ich habe das Talent, keinen Fettnapf auszulassen.

27. Die Bermuda-Shorts

Bevor ich den Job mit Anzug und Krawatte hatte, bewegte ich mich noch auf einem sehr technischen Pflaster und nahm es mit Business-Outfit gar nicht genau. Eigentlich trug ich alles was ich irgendwann geschenkt bekommen hatte, ohne mir nähere Gedanken über mein Erscheinungsbild zu machen.

So kam es dann auch einmal vor, dass ich im Sommer in Bermuda-Shorts und mit einem geschenkten Werbe-T-Shirt im Büro erschien. Meine damals noch Freundin meinte, das wäre unmöglich. Ich glaube sogar, sie hatte auch damals, unverheirateter Weise gesagt, es wäre ein Scheidungsgrund. Im Nachhinein muss ich meiner Frau ja Recht geben. Ich sah damals schon ziemlich grenzwertig aus.

Vielleicht hat meine Frau mich deswegen auch erst geheiratet, nachdem ich einen anderen Job mit entsprechenden Anforderungen an das Äußere hatte.

28. Nix zu knabbern

Wie genau es dazu kam lässt sich nicht mehr rekonstruieren. Meine Frau und ich sind zwei Naschkatzen, d.h. wenn wir abends faul herumsitzen und den Tag ausklingen lassen, naschen wir in der Regel irgendetwas Süßes. Aber das habe ich ja schon verraten.

In meinem letzten Job war ich ziemlich häufig auf Dienstreisen und damit meine Frau wenigstens abends etwas zu knabbern hat – wenn ich schon nicht da bin – habe ich irgendwann damit angefangen, Knabbersachen zu verstecken. Mit der Zeit mussten die Verstecke immer besser werden. Es hatte sich quasi zu einem Sport entwickelt, dass meine Frau – kaum hatte ich das Haus verlassen – auf die Suche ging. Mein Ziel war es natürlich, dass sie mindestens ein Versteck nicht findet.

Einmal hatte ich dann vor lauter Hektik und Stress vergessen heimlich Süßigkeiten zu kaufen und diese zu verstecken. Erst dachte sie, ich hätte so gute Verstecke gefunden, aber als ich dann beichtete, dass da gar nichts sei, wurde mir ziemlich deutlich gemacht, dass es sich hierbei um einen Scheidungsgrund handelt. Seit dieser Dienstreise haben die versteckten Süßigkeiten für mich eine höhere Priorität, als ein gutes Hotel am Zielort.

29. Postkarten

Und noch ein Scheidungsgrund zum Thema "Öffentlichkeit", auch wenn die Öffentlichkeit von Rechts wegen (Postgeheimnis) ausgeschlossen ist. Es gibt das strickte - mit Scheidungsandrohung belegte - Verbot, zu intime Dinge oder auch nur Liebeserklärungen auf Postkarten zu schreiben; schließlich könnte sie ja der Postzusteller evtl. lesen.

30. Rückwärtsraser

Noch einmal zurück zum Thema Auto: Ich mag es, sehr schnell rückwärts zu fahren. Das habe ich dann auch mal in einem Parkhaus ausprobiert. Schnell heißt in diesem Fall mehr als 40 km/h. Ich habe daraufhin erfahren, dass ich zukünftig entweder langsamer rückwärtsfahre oder nach der Scheidung gerne auch wieder schnell fahren dürfte.

31. Rettungsweste

Noch ein Scheidungsgrund im Urlaub ergab sich aus einem meiner Hobbies. Ich segle sehr gerne und habe einmal den (vermessenen?) Vorschlag unterbreitet, mit unserem Sohn auf ein Boot zu gehen. Dummerweise hatten wir keine Schwimmweste in der Handtasche... und ohne Weste auf ein Boot zu gehen, wäre definitiv ein Grund gewesen.

32. Seitenprofil

Wenn wir im Urlaub oder auf Ausflügen sind, liebe ich es viele Fotos zu machen. Fotografen würden wahrscheinlich sagen ich fotografiere nicht sondern ich knipse. Und neben meinen Kindern mache ich auch gerne Fotos meiner Frau. Das an sich ist ja auch nichts Schlimmes, denn schließlich gibt es bei uns die Zensur im Nachhinein, welche eigentlich nach dem deutschen Grundgesetz verboten sein müsste. Wehe mir, wenn bei den Fotos ein bestimmtes Motiv zu finden ist: Eine Profilaufnahme meiner Frau.

Fotos von der Seite sind ein Scheidungsgrund. Bis heute habe ich nicht verstanden warum, aber das ist ja nicht nur bei diesem Grund so.

33. Werbeaktion

Irgendwann habe ich mal eine Internetseite erstellt, deren Ziel es ist, Ferienwohnungen zu vermitteln. Die Seite war eine Art Hobby mit nur sehr geringen Einnahmen. Um aber trotzdem etwas Werbung zu machen und vielleicht groß heraus zu kommen, habe ich Flyer drucken lassen. Jedes Mal im Urlaub habe ich diese dann verteilt, um die Ferienwohnungsbesitzer am Urlaubsort auf mein Portal aufmerksam zu machen. Dieses Herumlaufen und Flyer verteilen lasse ich inzwischen sein, um die Ehe nicht zu riskieren, denn auch dies ist ein Scheidungsgrund.

34. Kotzkurven

Nicht nur Rückwärtsfahren ist ein Scheidungsgrund. Wer sich fragt, warum wir eher an die See als in die Berge fahren, dem sei gesagt: Berge wären nicht förderlich für unsere Ehe. Denn mich verleiten Serpentinenstraßen immer zu einem zügigen Fahrstil, während diese Art von Strecken meine Frau eher zum "Rückwärts-Essen" animiert.

In einem Urlaub am Bodensee hat meine Frau einige Probleme mit Passstraßen gehabt. Außerdem wird dieser Fahrstil unserer Ehe fast zum Verhängnis, denn dieses flotte Kurvenfahren ist auch einer der Beendigungsgründe für unser Eheversprechen.

35. Segelleidenschaft

Der top Scheidungsgrund in Sachen Urlaub kommt jetzt: Nämlich wenn ich meine Frau dazu bekommen sollte Urlaub auf einer Segelyacht zu verbringen. Wie sagte sie mal: Eine teure Art unbequem Urlaub zu machen.

Aber dieser Gedanke ist sehr theoretisch, denn mit meiner Frau werde ich nie Urlaub auf einem Segelboot machen können. Denn entweder ist sie dann meine Exfrau oder der Urlaub findet nicht statt.

36. und 37. Leckere Gerüche

Vom Autofahren zum Geruch. Nicht dass ich generell stinken würde, aber es gibt da schon mal Lebensmittel, die dazu führen, dass man etwas ausdünstet. Und zwei dieser Lebensmittel stehen auf der Scheidungsliste ganz oben und sind damit zwei potentielle Gründe.

Der erste davon ist eigentlich noch ganz einfach erklärt. Wenn ich Chips der Sorte Oriental esse und ihr anschließend zu nahe komme, ist dies ein Grund für eine Scheidung. Sie hasst diese Sorte und findet sie geradezu ekelhaft. Blöd ist nur, dass ich dieser Sorte sehr gerne esse. Natürlich (!!) nehme ich auf meine Frau Rücksicht und esse sie deswegen so gut wie nie. Vielleicht ist es aber auch nur Angst vor der Unterhaltsverpflichtung.

Das zweite Lebensmittel ist Knoblauch. Hier ist es etwas anders. Denn meine Frau isst dieses Gewürz auch sehr gerne. Allerdings kommt es ja auch schon mal vor, dass man getrennt voneinander unterwegs ist und dann auch noch was isst. Komme ich heim und rieche stark nach Knoblauch, darf ich ihr auch nicht zu nahe kommen. Es ist also immer ratsam nur knoblauchhaltige Speisen zu mir zu nehmen, wenn meine Frau dies auch macht.

38. Hermann Helms

Da ich mich seit je her für Seefahrt interessiere, fühle ich mich auch schon seit Kindesbeinen an der Deutschen Gesellschaft zur Rettung Schiffbrüchiger verbunden. Entsprechend hatte ich immer den Traum, mal an Bord eines Seenotkreuzers zu kommen. Diejenigen, die mein Interesse teilen, wissen, dass es einmal im Jahr den sogenannten "Tag der Seenotretter" gibt. Das ist ein Tag der offenen Tür, an dem jedermann sich die Schiffe anschauen darf.

Da meine Frau mir eine Freude machen wollte hatte sie einmal vorgeschlagen, dass wir zu diesem Anlass an die See fahren könnten. Ich war sofort

Feuer und Flamme und entschied mich für Cuxhaven, denn dort liegt immerhin die Hermann Helms, ein Kreuzer der 27m-Klasse.

Wir reisten am Vorabend an und dann kam der ersehnte Tag. Ich stürmte morgens mit glänzenden Augen an Bord. Meine Frau kam mit und sah sich den Rettungskreuzer ebenfalls an. Irgendwann sagte sie dann, dass sie schon mal zurück an Land gehen würde und ich einfach auch nachkommen soll, wenn ich genug gesehen hätte. Das war ein Fehler ihrerseits. Sie hätte ja auch ahnen können, dass ich stundenlang mit dem Vormann über Einsätze, Technik, die Gesellschaft an sich und vieles mehr sprechen würde, wenn ich die Gelegenheit dazu geboten bekomme.

Nach ein paar Stunden kam meine Frau dann auch wieder an Bord, um mich zu fragen, ob ich sie zufällig an Land vergessen hätte. Da wusste ich, jetzt ist es Zeit von Bord zu gehen.

Abends meinte meine Frau dann, dass so ein "Tag der Seenotretter" ab sofort auch ein Scheidungsgrund wäre.

39. Hafensucht

Ein ähnliches Erlebnis wie den Tag der Seenotretter habe ich meiner Frau dann noch einmal zugemutet. Wie haben einen Kurztrip nach Hamburg gemacht und irgendwie kam es dazu, dass wir auf diesem Trip nur im und um den Hafen herum unterwegs waren.

Nach dem Urlaub hat mir meine Frau dann offenbart, dass so etwas - wenn es denn noch einmal vorkommen sollte - ein Scheidungsgrund wäre.

Schließlich hätte Sie mehr von Hamburg sehen und auch vielleicht ein bisschen shoppen gehen wollen.

40. Die Kitzelfalle

Wenn wir uns dann doch mal etwas näher kommen, so gibt es ein absolutes Tabu. Das durfte ich schon sehr früh in unserer Beziehung erfahren: Kitzeln! Kitzeln geht gar nicht. Nicht, dass meine Frau mich nicht kitzeln würde; oh nein, das macht sie. Ich darf sie aber auf gar keinen Fall kitzeln, weil das wäre ein Scheidungsgrund.

Macken meiner Frau: 2 von 10

Ich habe eben noch bei Wikipedia recherchiert, seit wann es Schubladen gibt - leider ohne Ergebnis. Wahrscheinlich handelt es sich also um eine recht neue Erfindung.

Zu diesem Schluss muss man auch kommen, wenn man meine Frau erlebt hat. Hier reicht auch schon ein einziger Tag.

In unserem Haushalt gibt es eine große Anzahl dieser neumodischen Staufächern namens Schubladen: in der Küche, im Wohnzimmer, im Schlafzimmer - kurz in jedem Raum.

Nur um kurz das Prinzip der gemeinen Schublade zu erläutern: Man öffnet das Schubfach im Normalfall durch Anfassen der außen angebrachten Griffmöglichkeit und Ausüben eines sanften Zuges. In den meisten Fällen gibt es einen Anschlag, bis zu dem man ziehen kann. Wenn nicht fällt einem die Schublade mitsamt Inhalt vor die Füße.

Hat man das Öffnen ordnungsgemäß hinbekommen, kann man Inhalte einbringen oder entnehmen. Im Anschluss daran schließt man die Schublade durch einen sanften Druck. Es lässt sich leicht erkennen, ob eine Schublade geschlossen ist: die Vorderseite ist dann bündig mit dem Rest des Möbelstückes.

Nun ja, soviel zur Theorie. Die Schritte des Öffnens und Befüllens der Schublade funktionieren bei meiner Frau noch ganz gut, aber der Teil mit dem Schließen...

Ich kann bei uns zu Hause mit hoher Treffsicherheit bestimmen, in welchen Räumen meine Frau sich als letztes aufgehalten hat. In diesen Räumen findet man immer geöffnete Schubladen.

Was ich dagegen tue? Ganz einfach: ich schließe die offenen Schubladen.

41. Unterwäschenschau

Es gibt auch Scheidungsgründe, außerhalb unserer Zweisamkeit, zum Beispiel wenn wir mal Besuch bekommen. Eines Tages sagte sich ein Pärchen an, welches uns noch nie in unserer Behausung besucht hatte. Als wir zum ersten Mal bei ihnen eingeladen waren, wurde uns eine Hausführung zuteil; also, dachte ich mir, ich biete ihnen das Gleiche. Das war aber keine so gute Idee, wie ich im Nachhinein erfahren habe. Denn im Schlafzimmer hing u.a. noch ein BH auf dem stummen Diener.

Als der Besuch weg war, wurde mir ziemlich deutlich gemacht, dass eine Hausführung von Fremden durch unser Schlafzimmer definitiv zur Kategorie Scheidungsgründe gehören würde. Also wundern Sie sich nicht: Sie werden unser Schlafzimmer nicht zu Gesicht bekommen.

42. Große Dirigenten haben klein angefangen

Eigentlich ist dieser Scheidungsgrund irgendwie durch unseren Junior gekommen. Im Ferienhaus, in dem wir unseren Urlaub verbrachten gab es ein sehr unangenehmes Spielzeug: Einen Dirigierstab der beim Schwenken Musik macht. Wirklich sehr nervig! Und wenn ich sage "sehr", dann meine ich es auch.

Als ich dann auf die grandiose Idee kam, wir könnten auch so einen kaufen klingelte es wieder in meinen Ohren. Hiermit war offenbar nicht zu Spaßen.

43. Lamafinger

Wir lieben Zoos und unsere Kinder auch. So sind wir regelmäßig in Tierparks, Zoos und ähnlichem. In einem dieser Parks, die wir besucht haben, konnte man Lamas füttern.

Unser Sohn hatte sehr viel Spaß daran und ich zugegebenermaßen auch. Als ich dann mit meinen so halbwegs sauber abgeleckten und vor Lamaspucke triefenden Fingern aus dem Gehege raus kam, wollte ich die Hand meiner Gattin schnappen. Danach wussten alle Leute im Umkreis mehrerer Meter, dass dies wohl keine gute Idee sei.

Von unserem Sohn hätte sie sich auch fast scheiden lassen, denn er machte ihr prompt vor, was die Lamas getan hatten: Er leckte mit seiner Zunge über seine Hand und zwar bevor er sich die Hand nach den Lamas gewaschen hatte.

44. Hebefiguren

Wenn ich von Dienstreisen wieder komme oder an Geburtstagen oder bei sonstigen besonders freudigen Augenblicken in denen man seine Frau fest in den Arm nimmt, muss ich aufpassen. Denn eines darf dabei nicht passieren: Ihre Füße dürfen den Kontakt zum Boden nicht verlieren, denn Hochheben fällt mit unter die Don'ts unserer Beziehung. Wahrscheinlich ist das die direkte Folge aus der Aktion mit dem unerwünschten „über die Schwelle tragen".

Wahrscheinlich könnte ich mit meiner Frau auch beruhigt Dirty Dancing schauen – das war vor ihrer Zeit – und sie würde von mir keinen Mambo mit Hebefigur verlangen.

45. Modellbahn ist für Männer

Bei einem Besuch meiner Eltern kamen wir auf die Dinge zu sprechen, die aus meiner Kindheit noch dort im Keller lagen, unter anderem meine Modelleisenbahn in Größe H0. Diese packte ich dann auch ein und wenige Tage später baute ich sie bei uns unterm Dach auf - selbstverständlich nur um auszuprobieren, ob sie denn noch fahren würde. So ein Test musste natürlich sehr umfangreich und ausführlich sein. Entsprechend dauerte er auch etwas länger. Einen kompletten Nachmittag. Meine Frau unterstellte mir doch glatt, ich würde mit der Eisenbahn spielen... und wenn ich sie nicht abbauen würde... Schade! Sehr schade!

Gut, dass mein Sohn nun Spaß an Legos hat. Da kann meine Frau nichts mehr sagen, wenn ich mit ihm Lego baue. Wobei sie schon sehr irritiert schaut, wenn ich dies auch mal ohne meinen Sohn tue.

46. Der Artischocken-Schock

Als meine Frau eine Fortbildung absolvierte zauberte ich jedes Wochenende ein neues Essen zu ihrer Rückkehr auf den Tisch, um mal die Vielfalt in den Rezepten zu steigern. Eines der Essen beruhte auf Artischocken. Wobei hier wohl die Betonung auf der Silbe "Schock" in Artischocken liegt. Diese Zutat kam damit auf die Scheidungsliste. Zu behaupten Artischocken würden ihr nicht schmecken, ist sicherlich maßlos untertrieben.

47. Stellchen wechsle dich

Wer kennt es nicht? Man hat seinen Schatz im Arm und streichelt diesen. Hier ist bei uns äußerste Vorsicht geboten.

Ein absolutes No-Go ist es nämlich, die Streicheleinheiten auf eine Stelle zu beschränken. Längeres Streicheln der gleichen Hautpartie führt zuerst zu einer sanften Ermahnung und wenn man nicht schnell reagiert, dann mit der Scheidungsdrohung.

48. Fuß auf Fuß

Dieser Scheidungsgrund wäre eigentlich so der Klassiker, wenn man einen gemeinsamen Tanzkurs macht: "Wenn Du mir auf die Füße trittst...!" Bei uns galt er allerdings schon vorher und ganz allgemein. Können Sie sich vorstellen, welche Sorgen mich drückten, als wir einen gemeinsamen Tanzkurs begannen? Dieser psychische Druck, dass jede Tanzstunde neu über die Existenz unserer Ehe entscheidet! Drei Kurse habe ich überlebt, dann wurde meine Frau schwanger – Glück gehabt!

49. Nackte Schnecken

"Komm schnell! Ich bin im Keller! Beeil Dich!" So klang es unlängst durch unser Haus. Als braver Ehemann eilte ich dann auch - nachdem ich mir die Zähne in Ruhe zu Ende geputzt hatte - in den Keller. Dort sah ich dann das Untier, welches meine Frau so entsetzte: Eine Nacktschnecke an der Wand. Ich wollte das arme Tierchen direkt auf die Hand nehmen, um es in den Garten zu tragen, da schallte es durch das Gewölbe: "Wenn Du dic mit den Fingern anpackst! Das ist ein Scheidungsgrund." Im Beisein meiner Frau habe die Schnecke dann gerettet und als sie nicht dabei war, habe ich sie - mit den Fingern - ins Gras des Gartens gesetzt.

50. Spülmaschinenschonzeit

Spülmaschinen dienen ja in der Regel dazu, dreckiges Geschirr zu reinigen. Nicht so bei uns – zumindest nicht am Anfang. Das gute Geschirr hätte ja vielleicht leiden können. Ist ja nicht so, dass unter den Tellern "spülmaschinenfest" stehen würde.

Jedenfalls kam ich auf einer Party in unserem Hause auf die Idee, die Sachen doch mal in die Spülmaschine zu räumen. Meine Frau quittierte dies natürlich mit der entsprechenden Drohung. Diesmal war es aber ein Eigentor, denn die Gäste rollten sich vor Lachen. Wahrscheinlich wird man diese Story noch erzählen, wenn wir alle auf dem Sterbebett liegen.

51. Telefonitis – die Frauenkrankheit

Es fing damit an, dass unser Telefon den Geist aufgab. Als IT-ler besorgte ich uns dann eine Anlage, die wirklich fast alles vereint, was man so brauchen kann; unter anderem auch telefonieren. So dachte ich zumindest. Die Realität zeigte, dass die Funkreichweite allerdings katastrophal im Vergleich zur alten, simplen Standard-Anlage war. Ich versuchte dann mit allen möglichen Tricks, wie z.B. Repeatern, die Reichweite zu erhöhen und dafür zu sorgen, dass meine Frau problemlos telefonierend durch das ganze Haus laufen kann. Schließlich kommt meine Frau mal locker auf 24 Telefonstunden am Tag – zumindest gefühlt.

Als ich es nach ein paar Monaten noch immer nicht hinbekommen hatte, wurde aus dem nicht einwandfrei funktionierenden Telefon ein Scheidungsgrund. Das erhöhte natürlich meine Geschwindigkeit der Lösungsfindung immens. Jetzt haben wir wieder eine Standard-Lösung. Puh... Ehe gerettet.

52. Hör mal wer da schnarcht

Dieser Scheidungsgrund dürfte sicher einer der langweiligsten in diesem Buch sein: Schnarchen! Wenn ich anfange jede Nacht zu schnarchen, dann muss ich damit rechnen, die Scheidungspapiere zu erhalten. Gut, dass ich nur sehr selten schnarche. Die Schnarchgeräusche in unserem Schlafzimmer kommen nicht von mir. Aber als Kavalier schweige ich dazu!

53. Textunsicherheit

Ich singe ziemlich gerne; zwar nicht schön, aber laut (vgl. Scheidungsgrund 18). Und da es nicht viel gibt, was mir peinlich ist, singe ich auch gerne immer mit, wenn ich den Text kenne und die Melodie nur glaube zu kennen. So kann es dann schon mal vorkommen, dass ein paar Textpassagen genuschelt werden oder ich plötzlich leiser werde, wenn die Melodie nicht so sicher sitzt. Allerdings sollte ich das auch nur machen, wenn meine Frau es nicht mitbekommt. Sie ist übrigens der Meinung ich könne nicht singen. Verleumdung!

54. Kompost

Biotonne oder Komposthaufen? Die Frage wagte ich zu stellen, als wir unseren Garten einrichteten. Keine gute Idee! Ich hatte ja nicht gedacht, dass ein Komposthaufen so ein No-Go wäre.

Ein Komposthaufen im Garten würde den ganzen Garten verunstalten und womöglich auch riechen. Es war meiner Frau völlig unbegreiflich, wie ich auch nur im Entferntesten auf die Idee kommen konnte, dass man einen Komposthaufen in den Garten macht.

Wenn ich irgendwann mal einen Komposthaufen im Garten habe, dann wissen alle: Meine Frau ist weg.

55. Die Heulboje

Als Hobbysegler kam ich mal auf die - wie ich fand - gute Idee, unseren Vorgarten mit einer Fahrwassertonne zu bestücken. Eine grüne, natürlich, da sie rechts (also an Steuerbord) der Toreinfahrt liegen müsste.

Die Idee habe ich ganz stolz angepriesen und wurde dann sehr brutal gestoppt! Wir werden wohl keine Tonne (oder wie die Nichtseeleute sagen würden: Boje) im Vorgarten haben. Wobei, jedes Mal, wenn wir an der See sind, versuche ich meine Gattin doch wieder von der Idee zu überzeugen. Wenn ich nur wüsste, wie ich an so ein Seezeichen kommen könnte....

56. Gärtner und Scheidungsanwälte

Es gibt Tage, da gucke ich durch die Terrassentüre und sehe einen Urwald, wo eigentlich doch der englische Rasen wachsen soll. Dann packt es mich, ich bewaffne mich mit Rasenmäher, Nagelschere und was man noch so braucht. Irgendwann kommt mir dann meist meine Frau zur Hilfe. Zu behaupten, sie würde Gartenarbeit lieben, wäre sicherlich etwas geflunkert. Um genau zu sein: Wenn wir jedes Wochenende im Garten arbeiten würden, hätten wir nicht nur einen gepflegten Garten, sondern auch den Scheidungsanwalt vor der Tür. So zumindest ihre Stellungnahme zu regelmäßiger Gartenarbeit.

57. Flaschenpfand

Viele Menschen machen es, meine Eltern auch. Und eigentlich ist es nichts Schlimmes, denn es macht auch die Umwelt schöner: herumliegende Pfandflaschen sammeln. Als ich dann irgendwann mal auf die Idee kam, mich nach einer leeren Bierflasche am Straßenrand zu bücken hörte ich: "Was machst Du da? Du willst doch wohl nicht anfangen Flaschen zu sammeln? Lass die liegen!!! Leg sie zurück!!! Das ist ein Scheidungsgrund!" Tja, das Geld liegt auf der Erde, aber ich darf mich nicht danach bücken.

58. Rückwärts Essen

Dieser Scheidungsgrund ist vielleicht sogar noch nachvollziehbar. Ausnahmsweise. Und zwar trug cs sich an einem Geburtstag meiner Frau zu. Sie hatte eine Freundin eingeladen und diese vorher gewarnt: "Achtung, mein Mann liebt es Leute abzufüllen." Die Antwort lautete: "Mir kann das nicht passieren, ich weiß wann ich genug hab."

Ich denke, dass das eine Herausforderung für mich war, dürfte jedem klar sein.

Und es kam, wie es kommen musste. Das Glas der Freundin wurde einfach nie leer. Dafür irgendwann ihr Magen und das sehr ruckartig. Zum Glück passierte es im Garten. Es sah ziemlich witzig aus: die unverdauten Champignons mit Rotwein ergaben rosa Pilze.

Jedenfalls war das dann der Augenblick, wo ich einen strafenden Blick erntete (Wieso nur? Sie hatte doch eigentlich darum gebettelt, oder?) und die Worte hörte: "Wenn Du Dich jemals irgendwo so besaufen solltest, dass Du bei fremden Menschen in den Garten kotzt, dann ist das definitiv ein Scheidungsgrund!"

59. Socken oder nicht

Dass meine Frau meine Füße nicht so sexy findet, habe ich ja schon an der einen oder anderen Stelle erwähnt. Also schlug ich ihr irgendwann einmal vor, dass ich ja dann auch zum Sex meine Socken anbehalten könnte.

Ich meinte, das wäre doch nur eine konsequente Fortsetzung. Aber hier musste ich mir dann auch erst einmal etwas von spinnen und unerotisch anhören, bis der Redeschwall dann in einem: "... und außerdem wäre das ein Scheidungsgrund!" endete.

60. Praktisch ist nicht immer gut

Ich weiß nicht mehr genau, wie es sich mal ergeben hat, aber irgendein befreundetes Pärchen erzählte uns von den Geburtstagsgeschenken. Die weibliche Hälfte hatte irgendwelche Sachen für die Küche bekommen.

Als die beiden dann weg waren, kam für mich – ohne dass ich auch nur einen Ton gesagt hätte - die Warnung: "Wenn Du mir mal Küchengeräte zum Geburtstag schenken solltest, dann ist dies das letzte Geschenk, das Du mir gemacht hast. Das ist ja wohl ein no-go! Ein Scheidungsgrund!"

Macken meiner Frau: 3 von 10

Im Englischen würde man meine Frau als "very talkative" bezeichnen, auf Deutsch klingt das nicht ganz so charmant. Leider geht sie davon aus, dass das Mitteilungsbedürfnis immer unmittelbar befriedigt werden muss. Sprich, wenn sie mir etwas sagen möchte, geschieht das sofort und duldet keinen Aufschub.

Ob ich dabei im Raum bin, ist in dieser Situation eher zweitrangig. Aus der Perspektive meiner Gattin reicht es wahrscheinlich, wenn wir grob auf dem gleichen Längen- und Breitengrad sind. In der Praxis sieht es dann so aus, dass meine Frau beispielsweise im Keller ist (um Wäsche aufzuhängen - wie der Macho sagen würde) und ich mich im Dachgeschoss befinde. Jedenfalls fängt sie dann munter an, drauflos zu plappern, ohne dass ich einen Ton verstehe. Es ist dann an mir, die Entfernung zwischen uns auf ein Maß zu reduzieren, das einem ungehinderten Transport der Schallwellen dienlich ist.

61. „good bye Deutschland"

Wir wohnen in einem kleinen Ort, nicht wirklich weit von unseren jeweiligen Ursprungsfamilien entfernt. Da wir beide Familienmenschen sind, treffen wir uns auch häufig bei unseren Familien.

Irgendwann haben wir mal über Auswanderungen oder Umzüge wegen des Jobs gesprochen. Als ich dann mal 4 Monate lang auf Beraterbasis in einem anderen Ort war und wir uns nur am Wochenende sahen haben wir das stärker thematisiert.

Die klare Überzeugung ist: Dass ich umziehen würde, käme bei meiner Frau nie in Frage. Oder um es anders auszudrücken! Es wäre ein Scheidungsgrund, wenn ich es verlangen würde.

Wobei ich aber auch zugeben muss, dass ich ungern meine Heimat verlassen würde.

62. Moppelchen[2]

Nein, ich bin nicht schlank. Ein paar Kilogramm weniger würden mir sicherlich gut stehen. Aber richtig dick bin ich auch nicht.

Irgendwann sahen wir mal einen sehr stark übergewichtigen Mann. Meine Frau schaute dem Herrn hinterher, drehte sich zu mir um und sagte: "Nichts gegen Leute mit Übergewicht, aber wenn Du mal so aussehen solltest, dann ist das definitiv ein Scheidungsgrund!"

63. Was raschelt da unter der Decke

Ich habe die Angewohnheit immer mit irgendwelchen Körperteilen in Bewegung zu sein. Seien es nun die Finger, die Beine, die Arme... irgendwas bewegt sich bei mir immer.

Wenn ich dann abends im Bett liege, die Stille über uns hereinbricht, kann man manchmal ein leises Rascheln vernehmen. Dieses Rascheln entspringt der Bettdecke - genauer: Meiner Bettdecke. Noch genauer: Dem Fußende meiner Bettdecke. Es kommt daher, weil sich meine Füße bewegen. Meine Frau nennt es deswegen "mit den Füßen rascheln" und dieses Rascheln ist irgendwann (leider) auch zum Scheidungsgrund erklärt worden. Jetzt liegt es an mir, die Bettdecke so um die Füße zu drapieren, dass zum einen keine kalte Luft hinein kommt und zum anderen Bewegungsraum vorhanden ist, der eine Deckenbewegung unterbindet, wenn meine Füße zappeln. Gut, dass meine Frau nicht weiß, dass meine Füße noch immer machen, was sie wollen, sonst wäre das wahrscheinlich auch ein Scheidungsgrund.

64. Frauenversteher

Ich bin ein hoffnungsloser Optimist. Für mich ist das Glas immer halb voll; selbst wenn nur paar Tropfen drin sind. Deshalb habe ich auch immer viel Verständnis für alles und jeden. So auch bei einem Einkauf in einem großen Supermarkt im Nachbarort.

Meine Frau kaufte 11 Gläser einer bekannten Nuss-Nougat-Creme. Nein! Nicht für uns! Wir kauften sie für den Bruder meiner Frau, der das Zeug liebt. Nun standen wir an der Kasse und meine

Frau räumte ein Glas auf das Förderband und ließ die restlichen 10 Gläser im Einkaufswagen, worauf die Kassiererin (zugegeben in einem nicht so freundlichen Ton) sagte: "Bitte, alle Gläser auf's Band stellen!". Nach dem Einkauf regte sich meine Frau über diesen Schwachsinn auf, während ich die Kassiererin verteidigte. Es konnte ja möglicherweise eine Anordnung von Chef sein, dass man immer und alles auf das Band laden muss. Naja, es endete damit, dass meine Frau meinte: "Boah! Du musst auch immer zu allen anderen halten! Sogar zu der doofen Kassiererin! Das ist definitiv ein Scheidungsgrund!"

65. Einrollen

Der 65. Scheidungsgrund passt sehr gut zum 63. Scheidungsgrund, denn diese zwei tauchen meistens sehr kurz hintereinander in Praxis und Erwähnung durch meine Frau auf. Wenn ich ins Bett gehe, ist mir meistens kalt. Deswegen kuschele ich mich gerne unter meine dicke Daunendecke. Dies geschieht in der Art, dass ich die Decke rund um mich herum unter den Körper zu stopfen versuche, so dass auch wirklich nirgends ein kühler Luftzug herein kommen kann. Jetzt kann sich sicherlich jeder vorstellen, dass diese Prozedur etwas länger als fünf Sekunden dauert.

In dieser Zeit wackelt das Bett vielleicht auch ein wenig. Spätestens nach den fünf Sekunden höre ich dann auch schon von der Seite eine Beschwerde, meistens in der Art: "Hast Du es jetzt bald?!" und dann kommt auch schon der lang ersehnte Satz mit dem Scheidungsgrund. Inzwischen bin ich recht geübt darin, das Einkuscheln schnell und leise zu vollziehen.

66. Die Dame im Handy

Navigationssysteme sind eine echt feine Sache, wenn man in den Urlaub fährt. Man kennt die Strecke nicht genau und hat immer wieder mit Staus zu kämpfen. Also lässt man sich den Weg doch besser von der junge Damenstimme aus der Navi weisen. Meiner Frau geht diese Stimme aber ziemlich auf den Zeiger - es ändert auch nichts von Damen- auf Herrenstimme zu schalten.

Es gibt da zwei Hauptschwierigkeiten: a) Die Stimme wiederholt ihre Anweisungen ja recht gerne, manchmal sogar 3-fach und b) auf bekannten Teilstücken weiß man ja wie man fahren muss. Gerade die Wiederholungen bringen dann vom Beifahrersitz aus gerne eine Aussage wie: "Ja, wir haben es ja kapiert: Die zweite links abbiegen!" Und irgendwann ist es dann so weit, die Navi wird zum Scheidungsgrund. Einzig die Tatsache, dass das Navigationssystem uns schon mehrfach um Vollsperrungen auf der Autobahn herum geholfen hat bringt meine Frau zu etwas Milde in der Thematik.

67. Wiederholungstäter

Eine schöne Überleitung von den Navigationssystemen zum 67. Scheidungsgrund ergibt sich daraus, dass Navis besonders nötig sind, wenn man immer an einen anderen Ort in Urlaub fährt. Und genau das ist bei uns auch zwingend erforderlich, denn: Immer am gleichen Ort seinen Urlaub zu verbringen, das wäre der bei uns ein Grund zur Trennung.

Lustiger Weise müssten wir eigentlich schon geschieden sein. Dank der Kinder gibt es jetzt einen Lieblingsurlaubsort an der Nordsee, den wir für mindestens ein Wochenende pro Jahr besuchen. Immer wieder – bis wir geschieden sind?

68. Krabbelnde Krabben

Bei unseren Urlauben an der Nordsee, liebe ich es Krabben zu essen; fangfrisch vom Kutter, auf Scholle, auf Brötchen, egal wie! Dass diese Tierchen gegessen zu einem Scheidungsgrund führen können, habe ich im 17. Grund schon erwähnt. Aber wie ich dann eines Tages erfahren musste, sind diese Tiere auch lebendig als Auslöser sehr gut geeignet.

Auf einem Schiffsausflug wurde ein Schaufischen veranstaltet und den neugierigen Urlaubern dann der Fang zum Angucken und Anfassen gezeigt. Für die Kinder habe ich dann aus dem Fang mal lebendige Nordseekrabben auf die Handfläche genommen. Die Kinder auf dem Schiff fanden es gut - meine Frau nicht so sehr. "Wenn Du mich jetzt mit Deinen ekeligen Krabbenfingern anfasst,..."

69. Die Wanne ist voll

Klingt es nicht romantisch, sich bei Kerzenlicht und vielleicht noch einem schönen, leckeren Glas Rotwein zu zweit in eine Badewanne zu kuscheln? Nein, das klingt es nicht - zumindest nicht für meine Frau.

Wir haben es einmal ausprobiert und uns in eine zu kleine Wanne gequetscht. Das Badezimmer stand danach unter Wasser und die Aussage im

Raum: Noch einmal und das ist ein Scheidungsgrund.

70. Foto-Allzweck-Touring-Wander-Rucksack

Irgendwann bin ich mal von meiner alten analogen Spiegelreflex-Kamera auf eine digitale umgestiegen. Das war dann ein Komplettumstieg mit allem was dazu gehört und in Folge dessen brauchte ich eine neue Tasche in die alles hinein passte. Ich entschied mich nach langem Überlegen für einem großen Fotorucksack der auch noch Platz für Picknick-Sachen bot. Meine Frau meinte nur, dieses Riesenteil würde ich doch niemals mitschleppen wollen. Sie hat sich getäuscht: Einmal habe ich ihn mitgenommen. Danach,... naja... er war halt schon sehr groß und sperrig.

Der Kommentar meiner Frau war nur: "So eine Geldverschwendung. Einen Rucksack kaufen, den man nie brauchen wird! Ich hab's doch gesagt. So etwas ist auch ein Scheidungsgrund."

71. Mir egal

Was habe ich eigentlich aus den ganzen Scheidungsgründen bis hier hin gelernt? Eigentlich nur, dass es am gesündesten ist, immer zu hinterfragen, wie es denn der Dame des Herzens am liebsten sei. So kann man ja dann wohl nichts falsch machen. Dachte ich zumindest.

Ich gehöre zu den Menschen, die sich nicht so viel aus Fernsehen machen und so kommt es bei uns regelmäßig zu der Frage meiner Frau, was ich denn gucken möchte und ich antworte in der Regel mit einem "Mir egal; was Du möchtest." Man(n) sollte meinen, damit genau im richtigen Fahrwasser für einwandfreies Verhalten zu sein. Weit gefehlt, denn irgendwann erntete ich auch dafür die Antwort: "Du sollst nicht immer sagen »was Du willst«. Das ist ein Scheidungsgrund! Du musst doch eine eigene Meinung haben."

Die Erkenntnis ist dann wohl die, dass Man(n) es Frauen sicherlich nie wirklich recht machen kann. Aber das wissen wir Männer.

72. Steindiebstahl

Vor unserem Haus haben wir einen Streifen mit Kieselsteinen liegen. In einem Urlaub mit den Großeltern meiner Frau kam Opa auf die Idee für sich einen schönen großen Stein von der Ostsee mitzunehmen und diesen vor sein Haus zu legen. Die Idee fand ich sehr gut und tat es ihm gleich - ich sag nur Herdentrieb!

Als meine Frau uns dann sah, war es so weit... Wenn Sie sich von Ihrem Opa hätte scheiden lassen können, wäre das sicherlich auch passiert. Da dies nicht machbar ist, bin auch ich um die Scheidung herum gekommen und ich durfte sogar den Stein mitnehmen. Er liegt nun bei uns auf dem Kieselstreifen. Und das Beste ist: Seit diesem Urlaub nehmen wir immer einen Stein als Andenken mit. Und sie spricht den Satz nicht mehr aus!

73. Wohnbaustelle

Bekannte von uns haben ein altes, renovierungsbedürftiges Haus gekauft und arbeiteten sich – in der Baustelle wohnend – von Raum zu Raum vor und schafften es so in ca. einem Jahr das Haus komplett zu renovieren. Die Idee gefiel mir ganz gut und ich äußerte dies.

Wie mir die Reaktion zeigte, ist das für uns ein absolut ausgeschlossenes Modell des Vorgehens. Das Leben auf einer Baustelle wäre auch ein Scheidungsgrund.

Ich konnte das ein paar Jahre später auch mal in live erfahren. Im Rahmen einer Küchenrenovierung, war diese mal nur ein paar Tage eine Baustelle. Das war sehr hart für meine Frau. (Und in Folge dessen auch für mich.)

74. Handymanitis

Von uns beiden war ich derjenige, der als erstes ein Smartphone bekam. Als IT-ler fand ich das sehr hilfreich und so kam es, dass ich es oft in der Hand hatte und - so meine Frau - damit spielte. Mit der Zeit ging es ihr wohl auch auf die Nerven und so kam es, dass irgendwann die Information an mich floss, dass es ein Scheidungsgrund sei, jeden Abend am Handy zu spielen.

Nachtrag: Inzwischen besitzt auch meine Frau ein Smartphone und "spielt" damit. Ich würde sogar sagen, dass sie es deutlich öfter und länger in der Hand hat, als ich. Für mich ist das aber kein Scheidungsgrund.

75. Der Hausmeister und meine Schuhe

In unserer letzten Wohnung gab es einen Hausmeister, der sich um Treppenhaus, Anlagen, Parkplatz und Müll gekümmert hat. Wenn man davon absieht, dass man das alles mitbezahlen muss, ist das schon ein gewisser Luxus.

Aber Hausmeister sind schon recht besondere Exemplare von Menschen. Unserer hatte einen Faible für Müll. Nicht, dass er da besonders sorgfältig war, aber irgendwas war immer damit. Einmal hat er selbst mengenweise Styropor im Papiermüll entsorgt, da er nicht wusste wohin damit. Aber den Vogel schoss er ab, als er eines Tages bei uns an der Haustüre klingelte und fragte, ob die Schuhe im Müll von uns wären. Ich bejahte diese Frage und bekam zur Antwort, dass die doch viel zu gut zum Wegschmeißen seien.

Als ich dann das nächste Mal durchgelatschte und zum dritten Mal besohlte Schuhe hatte, schlug ich meiner Frau vor, ich könnte sie ja unserem Hausmeister bringen. Dies wollte sie aber nicht wirklich. Im Gegenteil – sie meinte, dass das ein definitiver Scheidungsgrund und ein Grund zum Fremdschämen wäre, wenn ich das tun würde. Schade, das Gesicht des Hausmeisters hätte ich gerne gesehen.

76. Singe wem Gesang gegeben

Wie schon mal erwähnt, singe ich für mein Leben gerne und war in meiner Jugend auch in diversen Chören. Inzwischen habe ich dieses Hobby aus Zeitmangel auf die Dusche, die Kinder und beim Autofahren reduziert. Das wird auch so weit geduldet, obwohl meine Frau immer sagt, dass ich gar nicht singen könne.

Aber ich kann singen - sage ich. Das hat mir mal jemand bestätigt, der es wissen muss. Egal, das sind ja kleine Meinungsunterschiede. Eine Situation gibt es, bei der meine Frau Singen nicht duldet. Im Sommer, wenn die Fenster im Auto herunter gelassen sind und wir an einer Ampel stehen. Sie meint dann immer "es könnte Dich ja jemand hören". Auch der Versuch ist strafbar. Wie gut, dass wir jetzt eine Klimaanlage haben und die Fenster deswegen geschlossen bleiben.

77. Sex der Stewardess

Unsere letzte Unterkunft war eine kleine 65 qm Wohnung in einem sechs Parteien-Haus. Alle Bewohner waren super nett. Über uns wohnte eine Stewardess - alleine. Naja, ab und zu bekam sie dann doch Männerbesuche. Dem Klischee nach mussten es wohl irgendwelche Piloten gewesen sein.

Wir bekamen jedenfalls jeden dieser Besuche mit, was man auf das wohl nicht allzu stabile, sehr nahe an der Wand stehende Bett der Stewardess und ihren recht lautstarken "Lustbekundungen" zurückführen kann. Der Spaß dauerte meisten so eine bis eineinhalb Stunden und zwar immer zu einer Zeit zu der wir lieber geschlafen hätten.

Ich habe dann schon mal laut überlegt, ob ich sie nicht am nächsten Morgen im Treppenhaus mit dem Spruch "War sie schön, die letzte Nacht?" begrüßen sollte. Allein dieser ausgesprochene Gedanke sorgte für die Androhung von Konsequenzen in

Form einer Scheidung... völlig unbegreiflich? Wäre doch nur nachbarschaftliche Neugier gewesen.

78. Meine weibliche Seite

Im Rheinland wird der Karneval immer gerne gefeiert. In einem Jahr kam ich auf die Idee, mich als Frau zu verkleiden, d.h. mit Rock, Strumpfhose, BH, lackierten Fingernägeln usw.

Dass wir nicht unbedingt alles in meiner Größe zu Hause haben ist selbsterklärend. Also musste ich einkaufen und fragte meine Frau, ob sie mich begleiten würde. Aber diese Idee stieß auf wenig, nein - auf keine Gegenliebe. Im Gegenteil, ein Scheidungsgrund wäre das.

Übrigens: Ich habe dann die Schwester meiner Frau mitgenommen. Wir beide hatten sehr viel Spaß. Sei es am Wühltisch mit Billig-BHs oder bei den Nachfragen bei Verkäuferinnen bezüglich Netzstrumpfhosen für mich.

79. Der nicht joggende Jogginganzug

Ein recht einfacher Scheidungsgrund ist: Wenn ich in der Öffentlichkeit mit einem Jogging-Anzug herumliefe. Kurz und schmerzlos.

80. Dessousladen

Viele Verwandte und Bekannte gehen gerne zusammen shoppen und kaufen alles gemeinsam. So gehen sie zusammen in Dessousläden, testen Unterwäsche und kaufen dort ein.

Das geht bei uns nicht, denn das Kaufen von Unterwäsche für meine Frau wäre ein No-Go! Da will sie mich nicht mit dabei haben, ein Scheidungsgrund.

Macken meiner Frau: 4 von 10

Ich bezeichne mich nicht als Morgenmuffel und meine Frau würde dies glaube ich – oder besser gesagt, ich hoffe es – auch nicht tun. Trotzdem gibt es für mich morgens ein paar Rituale, die mir recht wichtig sind. So gehöre ich zu den Leuten die nach dem Aufstehen zuerst ins Bad wanken, sich danach anziehen und anschließend frühstücken. Danach kann mein Tag beginnen.

Meine Frau ist da anders gestrickt: Sie wacht auf und überlegt zu allererst, was an diesem Tag zu tun ist. Dann geht sie ins Bad. Manchmal geht dann danach schon die Arbeit los und Anziehen und Frühstücken werden auf unbestimmte Zeit verschoben. Die Begründung lautet dann (Zitat): „Da hab ich keine Zeit für – weißt Du, was noch alles gemacht werden muss?".

Dass ich trotzdem erst frühstücken möchte, stößt auf pures Unverständnis, genau wie bei mir die Tatsache, dass z.B. das Putzen der Badezimmer in diesem Augenblick wichtiger sein könnte. Spaßiger Weise kann es auch schon mal vorkommen, dass meine Frau gegen 10:00 Uhr mit den dringenden Arbeiten fertig ist. Dann kann sie aber auch nicht mehr frühstücken, denn schließlich gibt es ja dann bald Mittagessen.

Für einen Mann, wie mich, sind solche Handlungsweisen recht unverständlich; ich kann sie eigentlich nur damit abtun, dass ich das „Unbekannte Wesen Ehefrau" geheiratet habe.

81. Wie bitte?

"Wie bitte?" - ein kleiner Satz, der meine Frau zum Wahnsinn bringt. Wir sind uns nicht ganz einig, ob es daran liegt, dass ich nicht gut hören kann oder daran, dass meine Frau mich immer dann anspricht, wenn sie mindestens drei Räume entfernt ist, gleichzeitig die Kinder rufen und ein Flugzeug vorbeifliegt. Wie dem auch sei - wir werden es wahrscheinlich nie herausfinden. Entsprechend frage ich dann schon mal gerne nach, was sie denn gesagt hat. Meine Frau behauptet manchmal, dass sie jeden Satz wiederholen müsse. Das ist natürlich übertrieben. Aber diese Tatsache, jeden Satz wiederholen zu müssen hat sie auch als Scheidungsgrund deklariert. Zitat: "Ich hasse es, jeden Satz wiederholen zu müssen!" Inzwischen weiß ich aber auch, dass das männliche Gehör (ist bestimmt eine von der Natur eingerichtete Schutzfunktion) die Frequenzen weiblicher Stimmen besonders schwach wahrnimmt.

Und was mich auch sehr beruhigt, ist die Tatsache, dass meine Frau mich auch immer öfter nicht versteht und nachfragt.

82. Der Trockner des Schreckens

Zuerst hatte ich ja vor, hier den 81. Scheidungsgrund zu wiederholen; quasi im Sinne von „Was hast Du gesagt?". Aber damit würde ich Sie als Leser um einen Grund bringen, also kann ich das nicht machen.

Als meine Eltern umzogen, hatten sie in der neuen Wohnung den Bedarf an einem Wäschetrockner. Es gab schlichtweg nicht genug Platz um die Kleidung zum Trocknen aufzuhängen. Also beschlossen wir, einen Trockner zu kaufen und entsprechend der minimalen Anforderungen einen billigen – nicht preiswerten – zu kaufen.

Im Fachgeschäft unseres Vertrauens angekommen standen wir dann vor der Auswahl und hatten auch sehr schnell ein einfaches Gerät entdeckt. Bis dahin hatten wir aber die Rechnung ohne den Verkäufer gemacht. Dieser meinte für eine Familie mit zwei Kindern wäre das Gerät ungeeignet, schließlich standen wir zu viert in dem Laden. Wir erklärten den Sachverhalt und sagten, dass wir schon einen guten Trockner hätten.

Dann kam die Idee des Verkäufers: Wir sollten einen noch besseren neuen Trockner nehmen und unseren – vermeintlich guten – zu meinen Eltern stellen. Als er uns dann die Verbrauchswerte erläuterte wurde mir sofort klar: Der Mann hatte Recht. Die neuere Technologie spart mehr als 50% Strom und das würde für uns pro Jahr locker 140€ ausmachen. Rein wirtschaftlich gesehen, eine sehr gute Idee. Und unser alter Trockner wäre für meine Eltern noch gut genug.

Meine Frau sagte dazu nur, dass sie eigentlich jetzt nicht so viel Geld ausgeben wolle, ich das aber entscheiden soll. Wirtschaftlich denkend entschied ich mich für den neuen Trockner für uns.

Nach der ersten Benutzung des Trockners war meine Frau gar nicht zufrieden und schimpfte, dass sie ihren alten wieder haben möchte – der inzwischen bei meinen Eltern stand. Und ich solle mich nie wieder in ihre Arbeitsgeräte einmischen. Das wäre ein Scheidungsgrund. Sie hätte ja keinen neuen Trockner haben wollen.

Was war passiert? Die Wäsche war nicht trocken genug, weil der Trocknungsgrad noch nicht eingestellt war.

Ich glaube, jetzt mag sie den neuen Trockner. Und er spart.

Allerdings ist nun unsere Spülmaschine defekt. Ob ich alleine los soll, eine neue zu kaufen?

83. Lustiges Buchstabenrätsel

Beim Autofahren kann es schon mal vorkommen, dass ich mir Autokennzeichen anschaue und darüber nachdenke, ob das vielleicht eine Abkürzung sein könnte. So komme ich dann auch schon mal auf abstruse Ideen, die völlig an den Haaren herbei gezogen sind, z.B. "K - KS 1976" - das ist der Konrad Schmidt aus Köln, 1976 geboren. Solche Gedanken habe ich einmal laut ausgesprochen. Meine Frau guckte mich fragend an und konnte meinen Gedankengängen nichts abgewinnen. Sie meinte nur trocken, dass es ein Scheidungsgrund sei, so einen Unsinn zu erzählen.

84. Brillchen wechsle dich

Wo wir schon mal beim Autofahren sind. Das ist ja oft ein Thema zwischen Mann und Frau - und ich rede jetzt nicht vom Einparken. Da gibt es auch andere Themen.

Wenn ich Auto fahre, brauche ich beim geringsten Sonnenlicht eine Sonnenbrille, da ich seit einem Unfall sehr lichtempfindlich auf meinem linken Auge bin. Das führt dann bei wechselnder Bewölkung und Sonne manchmal dazu, dass ich bei Beginn einer Wolke, meine Sonnenbrille in die Haare hoch schiebe und nach der Wolke, die Brille wieder auf die Nase setze. Mit anderen Worten, ich wechsele dauernd zwischen Sonnenbrille auf und Sonnenbrille ab, Sonnenbrille auf, Sonnenbrille ab, Sonnenbrille auf, Sonnenbrille ab...

Irgendwann mal ging das wirklich im Abstand von wenigen Sekunden. Natürlich nur den externen Einflüssen geschuldet. Darauf erklang dann die Stimme meiner Frau vom Nebensitz: "Kannst Du Dich nicht mal entscheiden? Das ist ja ein Scheidungsgrund."

85. Fleischwurst für Alle

Mal vorab: Das ist doch wirklich ungerecht! Man geht mit Kindern zum Metzger oder zu Wursttheke und die Kinder werden immer gefragt, ob sie eine Scheibe Fleischwurst haben möchten. Wieso bekommen Kinder die Wurst immer geschenkt? Ich mag Fleischwurst auch. Nur weil ich paar Zentimeter größer und wenige Kilo schwerer bin, schenkt man mir keine Wurst?

Irgendwann mal meinte ich dann zu meiner Frau, als wir mit den Kindern einkaufen waren, dass ich an der Wursttheke auch nach einer Fleischwurst für mich fragen würde. Meine Frau konnte aber meiner Argumentation nicht folgen und meinte, es wäre peinlich dies zu tun. Und dass es ein Scheidungsgrund wäre, wenn ich wirklich nachfragen würde. Diesen kleinen Nachsatz habe ich aber mutig ignoriert und die Wurstfachverkäuferin auf die Ungerechtigkeit angesprochen. Diese meinte, ich müsste mich nur hinknien, damit ich so klein wie ein Kind sei und dann würde ich auch eine Scheibe Wurst bekommen – ich habe eine Scheibe Wurst bekommen. Meine Frau verschwand derweil in anderen Gängen des Supermarktes.

Ob ich mich dafür hingekniet habe oder nicht, werde ich hier nicht erörtern.

86. Nomen ist Omen

Um unseren Kindern als erstes die Wörter Mama und Papa und die Namen der Geschwister beizubringen, habe ich diese Namen eine lange Zeit einfach hintereinander gereiht und sehr oft wiederholt. Als ich wieder einmal in dieser Namens-Litanei war, hörte ich den berühmten Satz aus dem Wohnzimmer herüberschallen. Aber es hat gewirkt, die Kinder können nun alle Namen – ob sie's sonst je gelernt hätten?

87. Der Flaschendeckel

Ich habe mir sagen lassen, dass herumliegende Socken in manchen Ehen ein potentieller Scheidungsgrund sein soll. Das ist es bei uns nicht. Zumindest bis heute noch nicht. Vielleicht kommt das ja noch.

Aber eine andere Sache, die ich gerne rumliegen lasse, ist der Deckel der Babymilchflasche. Nach dem Schütteln der Milch schmeiße ich den Deckel gerne einfach ins Spülbecken, statt ihn zum Spül zu legen oder sofort abzuwaschen. Das ist ein Grund.

88. Kirchenparty

Während der Sonntagsmesse rief der Pastor letztens dazu auf, sich zu freuen und diese Freude lautstark zu zeigen. Na gut, eigentlich waren die Kinder gemeint. Ich flüsterte nur in Richtung meiner Frau, dass ich ebenfalls mitmachen würde, als ich einen leichten Rempler von der Seite bekam: "Wenn Du das tust... das ist ein Scheidungsgrund"

89. TV

Für die Einen ist es ein Muss, für die Anderen ein No-Go. Wir gehören zur zweiten Sorte. Es geht um den Fernseher im Schlafzimmer. Für meine Frau wäre es ein Scheidungsgrund, wenn ich abends im Bett noch fernsehen würde. Zum Glück hat für mich Fernsehen einen sehr geringen Stellenwert in meinem Leben. Von daher passt es. Ein Scheidungsgrund, der bei uns nicht zum Tragen kommen wird.

90. Bühnenauftritt

Wer es bis dato noch nicht erkannt hat, dem sei es nun mal klar gesagt: Meiner Frau sind Sachen sehr schnell peinlich – mir dagegen tendenziell eher nicht.

Und so ergab es sich dann mal in einem Familienurlaub, dass folgende Situation entstand: Wir genossen den Urlaub auf der Insel Usedom. Wir, das heißt: eine Tante und ein Onkel meiner Frau, die Großeltern und wir beide. Interessanter Weise tickt die Tante meiner Frau ähnlich wie ich und wir haben in der Regel sehr viel Spaß miteinander. Jedenfalls kamen wir während eines Spaziergangs an einer dieser typischen Konzertmuscheln in Kurorten vorbei. Eine leere Konzertmuschel und viele leere Sitzplätze davor waren echt anziehend.

Wir guckten uns kurz an und Sekundenbruchteile später standen wir beide auf der Bühne und überlegten was wir singen könnten. Unsere Fantasie nahm freien Lauf und wir schmetterten einen Schlager nach dem Anderen, bis sich sogar erste Zuhörer einfanden.

Meine Frau trat derweilen nervös von einem Bein auf das Andere und wäre am liebsten im Erdboden versunken. Die „Fischer von St. Juan" von den Flippers gaben Ihr den Rest. Aber vielleicht war es auch unsere Idee, dass wir mit einem Hut herum gehen wollten. Gesangskünstler wünschen sich halt neben dem Applaus auch eine Gage. Meine Frau meinte nach diesem grandiosen Auftritt, dass dies definitiv ein Scheidungsgrund sei. Es fragt sich nur, nach dem wievielten Auftritt.

91. Ich bin ein rechter (Autofahrer)

Eigentlich gehöre ich zu den sehr entspannten Autofahrern, d.h. ich schimpfe selten und hupe so gut wie nie. Was ich allerdings nicht leiden kann, ist, wenn man auf der Autobahn fährt, alles frei ist und dann ein einsames Auto auf der mittleren

Spur dahinschleicht. Das ist dann der Augenblick, wo ich von der rechten Spur auf die linke ziehe, das Fahrzeug überhole, um dann schnell wieder ganz nach rechts zu fahren.

Eigentlich ziehe ich immer wieder nach rechts. Meist ist es ja so, dass man rechts am weitesten nach vorne schauen kann – da fährt schließlich niemand. Also fahre ich immer wieder bei jeder Gelegenheit auf meine Lieblingsspur.

Meine Frau dagegen findet das nicht so gut. Sie mag diesen Zickzack, wie sie es nennt, nicht. Ihr wäre es lieber, ich würde auf einer Spur verweilen, z.B. in der Mitte. Sie ist halt eine Frau... Meinem Rechtsfahrtick hat sie dann auf der letzten Rückfahrt aus dem Urlaub somit auch zu einem Scheidungsgrund befördert. Stellt sich nun nur noch die Frage, ob wir besser auf Urlaubsfahrten mit dem Auto verzichten sollten.

92. Hausmeister Krause lässt grüßen

Jetzt wird es prominent: Eines Abends beschlossen wir zusammen mit meinen Schwiegereltern essen zu gehen. Das Lokal war schnell gefunden. Als wir so da saßen und ich gemütlich meine Vorspeise in mich hinein schob, kamen neue Gäste ins Lokal; drei Herren. Sie setzten sich an den Tisch neben uns und meine Frau rutschte plötzlich nervös auf ihrem Stuhl hin und her.

Dann flüsterte sie: „Das ist doch Tom Gerhardt". Wir guckten alle neugierig rüber. Könnte sein, dass er es ist... wir waren uns nicht so einig. Und dann ging es los. Was machen wir? Meine Frau informierte per Handy direkt die Geschwister und mein Schwiegervater wollte ein Autogramm holen. Die

Aufregung war groß. Mich ließ es relativ kalt und ich beobachtete das bunte Treiben zwischen meinen Schwiegereltern und deren Tochter.

Irgendwann meinte ich dann: „Okay, Ihr werdet Euch nicht einig, dann frag ich ihn halt, ob er es ist." Verstehe einer die Frauen – nach dieser Äußerung war das plötzlich ein potentieller Scheidungsgrund, obwohl es vorher nur darum ging, herauszufinden, ob er es sei und gegebenenfalls dieses Autogramm zu besorgen.

Zum Schluss wurde ich dann beauftragt ihn anzusprechen. Man konstruierte mir sogar die Story, die ich erzählen sollte. Nur wer mich kennt, der weiß, dass ich es dann eh anders gemacht habe. An dieser Stelle auch einen Dank an Tom Gerhardt, der war super nett und wir haben uns eine ganze Weile unterhalten. Und es gibt nun auch ein Foto von ihm mit meiner Schwiegermutter und mir.

93. Leer, leerer, am leersten

Kennen Sie noch die guten alten Zahnpastatuben aus Metall? Das waren noch Zeiten. Heute werden die Tuben aus Kunststoff hergestellt. Dies hat einen ganz entscheidenden Nachteil: Man kann sie nicht mehr gut aufrollen und somit den Leeregrad verfolgen. Das ist bestimmt das Ergebnis einer Unternehmensberatung, die erklärt hat, dass so immer ein Rest drin bleibt und der Kunde früher neue Zahnpasta kaufen muss.

Eine Einschätzung die bei meiner Frau auch voll zutrifft. Bei den Plastiktuben ist in der Regel immer Zahnpasta im kompletten Tubenkörper verteilt und muss immer wieder nach oben gedrückt werden. Wenn die Tube also auf den ersten Blick leer zu sein scheint, ist im unteren Teil meist noch einiger Inhalt vorhanden. Das ist dann der Augenblick an dem meine Frau diese Tube für leer erklärt und eine neue ins Bad holt.

Nun hatte ich die Tube in der Hand und drückte gemütlich allen Inhalt aus dem Tubenkörper in Richtung Öffnung. Als meine Frau dann die Tube beim nächsten Zähneputzen öffnete und schwungvoll drückte (da die Tube ja vermeintlich leer war), spritze ihr eine Zahnpasta-Wurst entgegen, traf ihre Kleidung und den Badezimmerboden.

Nach der kurzen Schrecksekunde hörte ich den gellenden Schrei aus dem Badezimmer.

Als Lösung haben wir nun übrigens gegen Ende einer Tube immer zwei in Benutzung: Meine Frau eine neue volle und ich noch ca. eine Woche lang die „leere" Tube.

94. Latpop

Ich bin ein Mann, ein IT-ler und verbringe beruflich und privat viel Zeit vor irgendwelchen Computern. So kommt es auch vor, dass ich den ein oder anderen Abend zu Hause auf dem Sofa mit dem Laptop auf den Knien verbringen, während meine Frau um 20:15 Uhr einen Fernsehfilm anschaut. Meist ist es mein dienstliches Laptop, aber manchmal auch das private Gerät. Wenn man meiner Frau glaubt, habe ich fast jeden Tag den Rechner im Wohnzimmer.

Diese vermeintliche Tatsache scheint ihr nicht so gut zu gefallen. Jedenfalls ist das dauernde Arbeiten am Laptop während der Freizeit zum Scheidungsgrund erhoben worden. Deswegen habe ich mir dann auch irgendwann ein Tablet zugelegt, an dem auch ein Großteil dieses Buchs entstanden ist. Als IT-ler würde ich dies einen Work-Around nennen.

Mal sehen, wann auch das Tablet zu einem Scheidungsgrund wird. Meine Prognose: Es dauert höchstens noch ein bis zwei Monate. Wenigstens kann ich dann sagen, dass die Scheidungsgründe meiner Frau an der Verzögerung des Buchprojektes Schuld sind.

95. Nicht erschrecken

Erschrecken! Ich darf meine Frau nicht erschrecken. Das klingt grundsätzlich ja ganz simpel; ist es aber nicht, denn sie ist sehr schreckhaft. Und wenn ich "sehr schreckhaft" schreibe, dann meine ich SEHR schreckhaft.

Wenn ich beispielsweise niesen muss, soll ich sie vorwarnen, damit sie nicht zusammen zuckt. Wenn ich aus Versehen etwas umkippe und automatisch "Huch" sage, droht schon der Herzinfarkt. Es ist wirklich schwirig sie nicht zu erschrecken.

96. Ich steig' mir selbst aufs Dach

Wie viele andere Menschen auch, habe ich ein gewisses Problem mit extrem großen Höhen. Ich fühle mich da einfach nicht wohl. Als Höhenangst würde ich es jetzt noch nicht unbedingt bezeichnen wollen, schließlich ist es ja nicht so sehr ausgeprägt. Wirklich schlimm wird es erst, wenn ich beispielsweise auf einem Stuhl stehe.

Allerdings vertrete ich die Auffassung, dass man sich seinen Ängsten stellen muss, also kämpfe ich dagegen an und versuche alles mit Höhe trotzdem zu bewältigen. Sogar einen Klettergarten habe ich besucht, was mich aber mindestens 10 Jahre meines Lebens gekostet hat.

So kam ich dann eines Tages kurz nach Silvester auch auf die grandiose Idee mal unser Dach besteigen und die Wasserabflüsse der Dachgauben kontrollieren zu wollen. Dank eines Silvesterböllers hatten wir nämlich schon einmal das Problem, dass Wasser ins Schlafzimmer gelaufen ist.

Ich hatte die Idee kaum artikuliert, als mir ein Redeschwall entgegen flutete. Die Kernaussagen waren: Scheidung und wenn ich runter fallen und mir das Genick brechen würde, würde mir meine Frau zur Strafe noch den Hintern versohlen.

97. Die unendliche Geschichte

Wir wohnen in einem Neubaugebiet unserer Ortschaft, das heißt alle Häuser sind ungefähr zeitgleich erbaut worden. Naja, nicht alle...

Eines ist in einer Baulücke nachträglich entstanden. Ein sehr nettes Häuschen, überwiegend aus Holz. Irgendwann stand dann der Rohbau und es passierte lange nichts. Das Ehepaar, welches das Haus wohl überwiegend in Eigenregie baute, war täglich auf der Baustelle zu sehen - ohne dass ein echter Fortschritt zu verzeichnen war. Dann zogen die Leute ein; das Haus war nicht gestrichen, der Garten war eine Baustelle. Dieser Zustand hält sich nun seit einigen Jahren unverändert und ab und zu, wenn wir an dem unfertigen Bau vorbeifahren, rutscht mir der Satz raus "Ob die jemals fertig werden?".

Eines Tages kam dann die Entgegnung vom Beifahrersitz: "Wenn Du noch einmal fragst, lasse ich mich scheiden."

Seit dem denke ich es mir nur noch.

98. Dreistheit siegt

In meinem letzten Job habe ich gelernt, dass man sich von Zeit zu Zeit auch mal durchsetzen muss. Das gilt eigentlich für fast alle Lebenssituationen. So auch im Privatleben. Ich erinnere mich da an eine Situation kurz vor Weihnachten.

Als Weihnachtsgeschenk für einen Verwandten holte ich einen Gutschein für eine Massage im Wellnesstempel im Ort. Das war auch gar kein Problem. Ich bezahlte und bekam den Gutschein ausgehändigt. Zum Glück erzählte ich das nebenbei meiner Schwiegermutter. Sie wunderte sich und meinte dass der Laden doch Konkurs angemeldet hätte. Damit wäre das Geld dann wohl futsch, weil in zwei Tagen der Betrieb geschlossen würde und ein insolventes Unternehmen keinen Gutschein mehr auszahlen würde.

Ich fühlte mich – wohl zu Recht – über den Tisch gezogen und beabsichtigte, dort hin zu fahren und mich zu beschweren. Meine Chancen wurden als gegen Null tendierend angesehen.

Tatsächlich sah es nach den ersten fünf Gesprächsminuten nicht gut für mich aus, dann riss mein Geduldsfaden und ich verlangte nach Insolvenzverwalter und Geschäftsführer. Meine Argumentation ging in Richtung der arglistigen Täuschung. Das Endergebnis war dann jedenfalls, dass ich mein Geld zurück hatte. Wer sagt's denn!

Meiner Frau war das sogar in Abwesenheit so peinlich, dass sie meinte, dass meine hartnäckige Beschwerde ein Scheidungsgrund sei. Ich fand mein Handeln nur okay.

Lustiger Weise kommt sie nun ab und zu auf mich zu, damit ich sie bei schwierigen Fällen unterstütze, wie z.B. „Schatz, kannst Du die Schuhe reklamieren? Mir hat man heute gesagt, dass ein Umtausch nicht machbar sei, weil ich sie schon mal anhatte." Aber dabei sein will sie auf gar keinen Fall, wenn ich in den Laden gehe und im Notfall um eine Unterredung mit der Geschäftsführung bitte.

99. Alles Verhandlungssache

Dieser Grund knüpft unmittelbar an Nummer 98 an, denn er schlägt in exakt die gleiche Kerbe. Es geht um Hartnäckigkeit im Geschäftsverkehr. Es geht um das Thema Preisverhandlungen. Eigentlich bin ich recht zahm und frage selten danach, ob man etwas am Preis machen kann. Allerdings gibt es ein paar Branchen denen ich nicht traue; so zum Beispiel Autoverkäufer und Möbelhäuser. Gerade in Möbelgeschäften glaube ich den Verkäufern grundsätzlich erst einmal nichts.

Spätestens seit wir das erste Kinderzimmer eingerichtet haben und bei exakt dem gleichen Modell in unterschiedlichen Möbelhäusern Preisdifferenzen von über 100% zum günstigsten Anbieter gesehen haben, ist für mich klar: Die Zahl auf dem Schild mit der Überschrift „Angebot" ist pauschal viel zu hoch. Und genau diese Einstellung lasse ich das Möbelhauspersonal auch spüren. Egal welcher Rabatt eingeräumt wird – er ist zu gering. Auch die Spielchen „das kann nur der Abteilungsleiter entscheiden" glaube ich pauschal nicht und verlange dann eher die nächsthöhere Ebene. Und ich muss sagen, dass ich damit bisher sehr gut gefahren bin.

Allerdings läuft das dann im Geschäft in der Regel so ab, dass meine Frau (mit mir zusammen) ein Stück aussucht und dann sagt: „Ich schaue mich mal weiter um, Du kannst ja den Preis verhandeln. Ich will nicht dabei sein! Das ist peinlich! Ein Scheidungsgrund." Wenn ich dann aber ein Schnäppchen für uns herausgeholt habe, ist sie trotzdem glücklich mit mir. Verstehe einer die Frauen!

100. Weihraucher
Hier bewegen wir uns sicherlich im Bereich der skurrileren Gründe und ich muss etwas weiter ausholen.

Kennengelernt haben wir uns bei einem großen Messdienerausflug des gesamten Bistums bei dem wir beide als Betreuer teilgenommen haben. Entsprechend unserer Gruppe stand der Ausflug unter einem besonderen Motto: Weihrauch. Diesen gab es immer und überall, egal ob im Zugabteil oder in der Unterkunft.

So kam es auch, dass ich dann irgendwann Weihrauch zu Hause hatte und bei einer abendlichen Spontanparty ein paar Körner Weihrauch abgebrannt habe. Dies führte dann zu ein paar Brandlöchern in meinem alten Küchenschrank und wurde – für mich völlig unverständlich – von meiner Frau nicht mit der entsprechenden, begeisterten Würdigung aufgenommen.

Im Gegenteil, Brandlöcher von Weihrauch-Experimenten im Küchenschrank wurde zu einem Scheidungsgrund erklärt. Seitdem habe ich zu Hause keinen Weihrauch mehr abgebrannt.

Macken meiner Frau: 5 von 10

Im Radiosender SWR3 gab es mal eine Comedy die dauernd den Spruch „wer nie was Billiges kauft, kann auch nie was sparen" benutzte. Hier habe ich einen gewissen Wiedererkennungseffekt zu meiner Ehegattin. Sie liebt es Schnäppchen zu machen. Bei mir kommen dann aber auch Urängste hoch, wenn ich weiß, dass wieder Schnäppchen ins Haus stehen. Zwei solcher Beispiele möchte ich hier mal kurz zum Besten geben.

Fall-Beispiel 1:

„Schatz, ich fahr' mal grad mit meiner Mutter nach neuen Gardinen für die Küche gucken." Dies waren die Worte, mit denen sie eines Tages das Haus verließ. Als sie nach wenigen Stunden wieder kam, sagte sie: „Ich habe ein Schnäppchen gemacht": Wir hatten neue Gardinen für die Küche. Aber da existierte dann urplötzlich noch ein kleines Problemchen. Die neuen Gardinen waren nicht ganz kompatibel mit der aktuellen Tapete in der Küche, d.h. Tapezieren stand nun auf dem Programm.

Und noch eine Kleinigkeit: Die neuen Gardinen bedeckten nur noch die Fensterfläche, d.h. die Rollladengurte neben den Fenstern wurden sichtbar. Das ist aber auch keine große Sache, man kann ja „mal eben" auf elektrische Rollläden an allen vier Fenstern umrüsten.

Und wenn dann die neue Küche ja schon so schön würde, könnte man ja auch neue Deckenlampen an-

bringen. Schließlich spart man mit LED-Leuchtmitteln auch Strom... und muss neue Löcher in die Decke bohren und die Decke neu streichen.

Jedenfalls entwickelte sich aus dem Gardinen-Schnäppchen dann innerhalb kürzester Zeit eine komplette Küchenrenovierung.

Fall-Beispiel 2:

Wir beschlossen einmal in einem Möbelhaus „stöbern" zu gehen und fanden ein wirklich cooles Bett für das Kinderzimmer. Es war preislich auch stark reduziert (ein Schnäppchen), was aber in einem Möbelhaus ja nicht unbedingt etwas zu bedeuten hat (s.o.). Also führte ich den kurzen Check via Internet durch und tatsächlich es war ein Schnäppchen. Das Bett wurde sofort geordert.

Ähnlich wie bei der Küche kam dann die Feststellung, dass die bis dato grüne Tapete ja eigentlich nicht so optimal zum Bett passen würde. Also wurde direkt die Tapezieraktion dazu „gebucht".

Und da das in der Küche mit elektrischen Rollläden ja so gut geklappt hatte, sollte das im Kinderzimmer dann auch gemacht werden. Klar, Schlitze stemmen, Kabel verlegen, Schalter montieren, Motoren einbauen,... alles Kleinigkeiten, die Man(n) nebenbei macht.

Ebenso kam die neue Beleuchtung hinzu und damit auch das Deckestreichen. Quasi als Bonustrack sollte dann auch noch Laminat verlegt werden.

Das Schnäppchen des Bettes hatte zum Schluss nur einen Bruchteil der Gesamtkosten der Renovierung ausgemacht.

Ein bisschen Angst habe ich davor, was denn dabei rauskommen mag, wenn meine Frau irgendwann einmal auf die Idee kommen könnte eine neue Außenfarbe für das Haus aussuchen zu wollen.

101. Warum Joop, Davidoff & Co pleitegehen

Gerüche. Meine Frau hat eine sehr feine Nase und reagiert entsprechend empfindlich auf Geruch und Geruchsbelästigungen. Als eine solche empfindet meine Frau auch Duftwässerchen jeglicher Art.

Während ich früher schon mal entsprechende Herrendüfte verwendet habe, sind meine Ausgaben in diesem Umfeld auf null gesunken. Die Benutzung von Au de Toilette oder Parfum ist bei uns absolut tabu und wird auch in der Klasse der Scheidungsgründe gehandelt. Ebenso After Shave. Einzig gestattet ist die Verwendung von Deo, um nicht eine Geruchsbelästigung anderer Art auszulösen.

Wenn man die Preise für diese Kosmetikartikel betrachtet, ist das sogar ein wirtschaftlicher Scheidungsgrund.

102. Zu stark, zu schwach

Wo wir gerade über Gerüche reden, fällt mir prompt der nächste Grund ein. Auf den ersten Blick könnte es zwar auch ein Grund über Geschmack sein, bei näherer Betrachtung ist es dann aber doch was für die Nase.

Im Auto habe ich immer eine Packung mit Fisherman's Friend liegen, da ich diese sehr gerne lutsche. Als neugieriger Mensch probiere ich auch jede neu auf dem Markt erscheinende Sorte, so auch „Kirsch", als die vor einigen Jahren erschien. Sie schmeckte (und schmeckt immer noch) richtig lecker. Als ich ein solches Fischerman's im Mund hatte, während meine Frau ins Auto einstieg, meinte sie als erstes: „Was riecht denn hier so?". Ich erläuterte, dass ich eine neue Sorte ausprobiert hätte, die ich super lecker fand. Kurz darauf meine sie dann: „Du musst das ausspucken! Ich kann den Geruch nicht ertragen!"

Seit dem ist das Lutschen von Fischerman's Friend der Sorte Kirsch – leider – auch ein Scheidungsgrund. Wie andere nun heimlich rauchen, so lutsche ich die Sorte dann halt auch heimlich; naja, zumindest bis dieses Buch mal erschienen ist.

103. Deutschland grillt

Grillen Sie gerne? Ich grille für mein Leben gern. Und ich esse das Gegrillte dann auch sehr gerne. Für meine Frau ist Grillen aber eher ein Graus, als eine Wohltat oder Entspannung.

Ich finde es einfach herrlich, mich auf einen Stuhl zu setzen, dem Feuer zuzuschauen, zu beobachten, wie die Kohle anfängt zu glühen und anschließend Fleisch, Würstchen und (wenn es sein muss) auch Gemüse zu drehen.

Wenn es nach mir ginge, könnte ich fast jeden Tag grillen, egal ob im Sommer oder im Winter, egal ob bei Sonnenschein oder bei Regen.

Die Meinung meiner Frau ist da etwas differenziert. Nicht, dass sie Grillen hassen würde, aber sie mag es einfach nicht. Für sie ist der Aufwand nicht im Verhältnis zum Erfolg. Sie sagt dann immer, dass es viel zu viel Arbeit für das eine Würstchen ist, welches sie essen würde.

Entsprechend ist häufiges Grillen dann auch irgendwann zu einem Scheidungsgrund ernannt worden.

Im Sommer ist es dann aber immerhin noch so, dass wir zwischen ein- und zehnmal während der Sommerzeit grillen. Ich finde, das ist ein Kompromiss, mit dem ich leben kann – schließlich wird man ja zwischendurch auch noch woanders zum Grillen eingeladen.

104. Der Weg ist das Ziel
Es gibt diese Inkompatibilität von Frauen und Autos, das ist wohlbekannt. Bei uns gibt es dieses Phänomen ebenfalls. Dazu kommt in unserer Beziehung verstärkend noch die Frage der Wegplanung. Ich neige immer dazu „Standard-Routen" zu fahren und nehme auch schon mal ein paar Kilometer mehr in Kauf, wenn ich der Ansicht bin, dass ich auf der gewählten Strecke weniger Verkehr haben werde.

Es gibt da von Zeit zu Zeit unterschiedliche Ansichten zwischen uns. Oder anders ausgedrückt: Meine Frau ist der Ansicht, dass ich immer unnötige Umwege und komplizierte Strecken fahre. Die anderen Wege – die sie genommen hätte – wären immer schneller und auch kürzer gewesen. Und selbstverständlich auch mit weniger Verkehr.

Ich habe eine Zeit lang versucht die Entscheidung an meine Frau zu delegieren, in dem ich vor Fahrtantritt gefragt habe, welche Route sie denn wählen würde. Eine Entscheidung habe ich dann – wie soll es auch anders sein – in den seltensten Fällen bekommen. Nach meiner Wahl dann dafür immer die Aussage, dass sie DA nie lang gefahren wäre. Und dass meine Umwege natürlich auch ein Scheidungsgrund sind.

105. Vorsicht Kamera

Dieser Grund könnte genauso in der Rubrik Urlaub oder bei den allgemeinen Gründen stehen, aber bei Ausflügen spielt er eine besonders große Rolle.

Da ich gerne fotografiere, nutze ich natürlich Ausflüge gerne dazu, den Fotoapparat einzupacken – schließlich findet man fast überall schöne Motive, die sich festzuhalten lohnen. Genau dies ist aber offensichtlich das Problem.

Meine Frau mag es nicht, wenn ich mit der Kamera bewaffnet herum laufe. Sie meint, dass würde immer so nach Tourist aussehen. Außerdem sei der Fotoapparat viel zu groß und zu schwer – dabei trage ich ihn.

Sprich, es ist nicht die Tatsache des Fotografierens, sondern das Mitnehmen des Fotoapparates, was bei uns den Scheidungsgrund auslöst. Eine Steigerung erfährt das Ganze dann noch, wenn ich eventuell ein Wechselobjektiv oder den Blitz mitnehme.

106. Bilderwahn

Die unmittelbare Anknüpfung an den letzten Grund ist dann die Anzahl der Bilder. Zugegeben, früher, als ich noch Filme kaufen musste und die Anzahl der Bilder pro Film auf 36 begrenzt war, hatte ich noch nicht so viele Bilder. Aber ich denke, das ist genau der Vorteil der digitalen Fotografie:

Ich kann die gleiche Situation mehrfach fotografieren und mich danach für ein Bild entscheiden (wenn man es denn konsequent macht – das wäre etwas was ich mir wirklich vorwerfen lassen muss).

Gerade bei Gruppenbildern mit vielen Kindern ist es sehr gut, dass man mehrfach abdrücken kann. Denn auf jedem Bild guckt garantiert ein Kind weg oder nicht ganz so schön. Von 10 Bildern ist dann vielleicht eines dabei, welches allen Qualitätsansprüchen genügt.

Und genau diese Möglichkeit schöpfe ich gerne aus. Gut – ich gebe zu – ich habe es auch schon mal ein klein Wenig übertrieben. Mir fällt da spontan die Verlobung einer Cousine meiner Frau ein: Ich hatte die Spiegelreflex gerade ganz neu und wollte natürlich ein paar schöne Bilder auf der Feier machen.

So kam es, dass ich dann vielleicht das ein oder andere Mal zu oft auf den Auslöser gedrückt habe; aber es dauerte auf der Feier auch so endlos lange, bis sich das Verlobungspaar dann endlich mal geküsst hat – und den Moment wollte ich natürlich auch nicht verpassen!

In Summe hatte ich dann an dem Abend rund 950 Bilder gemacht. Da waren sicherlich ein oder zwei überflüssige Fotos dabei. Das gleich für ganz übertrieben zu bezeichnen und zu einem Scheidungsgrund zu deklarieren, ist sicherlich schon eine etwas überzogene Reaktion.

107. Never touch a Stromschalter

Haben Sie es zu Hause hell oder dunkel? Ich gehöre zu den Leuten, die es in Räumen gerne hell haben wollen. Deswegen suche ich Lampen immer nach möglichst hohen Lumenwerten (oder früher Watt) aus. Aber, ich schalte das Licht auch immer aus, wenn ich einen Raum verlasse. Und genau das ist das Übel.

Meine Frau mag es auch hell. Wenn ich jetzt böse sein wollte, würde ich sagen: Sie findet den Lichtschalter nur beim Betreten eines Raumes, wenn sie den Raum verlässt ist der Schalter offensichtlich nicht mehr an seinem Platz.

Sie behauptet, das Licht nur anzulassen, wenn Sie kurz danach wieder in den Raum will... an dieser Stelle frage ich mich: Wie oft geht sie auf das Gästeklo?

Aber eigentlich ist es der Scheidungsgrund meiner Frau: Sie hasst es, wenn ich das Licht immer abschalte. Gut, es kommt schon mal vor, dass ich die Küche verlasse und abschalte, während meine Frau mir im Flur – auf dem Weg zur Küche – entgegen kommt. Ich glaube, in einer solchen Situation wurde auch dieser Scheidungsgrund durch meine Frau ausgesprochen.

108. Heute schon eine Zecke?

Der Auslöser ist zugegebenermaßen etwas ungewöhnlich. Er liegt im Geschmack meiner Schwiegermutter. Bei Brötchen liebt sie Körnerbrötchen, aber diese dürfen eines nicht beinhalten: Kürbiskerne. Nicht, dass sie keine Kürbiskerne mag – nein, das ist es nicht. Das Aussehen der Kürbiskerne erinnert sie immer an die Zecken, die ihre Katze hat. Deswegen nennt sie solche Brötchen auch „liebevoll" Zeckenbrötchen.

Nun waren wir irgendwann beim Aldi, wollten Körnerbrötchen mitnehmen und wir wussten jetzt nicht, ob die Brötchen an der Unterseite eventuell diese Zecken haben. Glücklicherweise kaufte gerade ein kleines Mädchen ein paar dieser Brötchen, d.h. sie drückte am Backautomat auf den entsprechenden Knopf, es rappelte und dann fielen die Brötchen heraus.

In meiner gedanklichen Einfachheit ging ich zu dem Mädchen und fragte einfach, ob ich die Brötchen mal von unten sehen dürfte. Aus meiner Sicht die einfachste Art, die offene Fragestellung beantwortet zu bekommen. Für meine Frau eher ein Fauxpas. Kaum hatte ich das Mädchen angesprochen, vernahm ich schon den Protest in meinem Nacken. Die Antwort, dass keine Kürbiskerne am Boden der Brötchen haften, kam quasi zeitgleich mit der Scheidungsdrohung.

109. Männer brauchen Platz

„Eigentlich sollte man(n) Frauen in der Küche besser alleine lassen, damit sie dort ungestört ihre Arbeit verrichten können." Für so einen Satz wird man vielleicht schon als Macho abgestempelt, aber ich sag es mal so, manche Frauen sind selbst schuld.

Ich gehöre zu den Männern, die gerne schon einmal kochen und manchmal kann man die Ergebnisse sogar essen. Bevor wir Kinder hatten, war meistens ich derjenige, der in der Küche stand. Dies hat sich aber mit den kleinen Ablegern im Haus bald geändert und das klassische Bild einer deutschen Ehe ist wieder hergestellt.

Wenn ich aber doch mal koche, brauche ich Platz. Viel Platz. Ich mag es nicht beengt, zu kochen, d.h. ich nehme immer große Töpfe, große

Brettchen, große Messer,... und die müssen Ihren Platz finden. Da unsere Arbeitsplatten in der Küche auch recht geräumig sind, ist das alles kein Problem – zumindest für mich.

Meine Frau sieht das etwas anders, denn sie arbeitet gegensätzlich: Immer das kleinste Brettchen zum Schneiden des Gemüses (wo nicht alles drauf passt), möglichst kleine Töpfe, usw.

Jedenfalls sind unsere Methoden in der Küche nicht zu 100 Prozent deckungsgleich und sie hasst es, wenn ich mich über die komplette Küche verteile. Verstehe ich gar nicht. Ob man nun nach meiner Verwüstung nur eine kleine Ecke sauber machen muss oder die die ganze Küche, so groß ist der Unterschied doch auch nicht.

110. Schlafanzüge hat doch jeder

Kennen Sie das Problem? Für den nächsten Tag ist die Müllabfuhr im Kalender eingetragen und man hat am frühen Abend die Tonne an die Straße gebracht. Und dann füllt sich im Laufe des Abends der Hausmüll urplötzlich immer weiter an, bis die Müllgefäße fast überlaufen.

Zwischenzeitlich war man unter der Dusche und lag faul im Wohnzimmer auf dem Sofa – im Schlafanzug. Und dann diese Aufgabe: Der Müll muss noch raus.

Als einfach gestricktes Wesen – Mann – schnappe ich mir also den Mülleimer und wandere auf die Straße zur Mülltonne, um den Müll heraus zu bringen. Ein Problem darin habe ich nicht gesehen. Mal abgesehen von der Tatsache, dass ich aus meinen Träumen heraus gerissen wurde und vom Sofa aufstehen musste.

Der Umstand, dass ich nur einen Schlafanzug anhabe, ist da eher nachgelagert. Schließlich sehe ich auch im Schlafanzug gut aus!

Meine Frau hat da aber offensichtlich eine differenziertere Wahrnehmung, denn nach dem ersten Fall dieser Art wurde mir klargemacht, dass Müllherausbringen im Schlafanzug einen Scheidungsgrund darstellt. Aber was soll ich machen? Ich ziehe mich doch dafür nicht noch einmal an.

Ich bringe den Müll jetzt einfach immer heimlich im Schlafanzug nach draußen.

111. Folgeschäden

Bei einer solchen Schnapszahl müsste eigentlich ein Scheidungsgrund her, der etwas mit Alkohol zu tun hat. Hat dieser aber nicht.

Wer ein Haus hat, weiß, dass es da immer etwas zu tun gibt. Sei es nun, dass die Frau meint, dass ein Zimmer neu tapeziert werden müsse, dass der Keller aufgeräumt, Müll zur Deponie gebracht werden soll oder einfach nur ein paar Sachen im Garten zu erledigen sind. Letzteres war der Auslöser für diesen Grund.

„Wir könnten den Garten mal für den Winter vorbereiten" Mit diesen Worten begann die Aktion und das Unglück nahm seinen Lauf. Erst mussten nur die Gartenmöbel in den Keller. Kein Problem.

Dann musste der Sonnenschirm demontiert und verstaut werden, anschließend ein paar Blätter zusammen geharkt werden und dann kam die Aufgabe den Brunnen abzubauen, d.h. die Pumpe heraus zu nehmen, die Steine zu reinigen und was man noch alles macht.

Entsprechend der ersten Aufgabenstellung hatte ich mich auch nicht umgezogen, nun aber wurden die Arbeiten immer dreck-lastiger. Nur, wie Männer so sind; einmal in ihrem Element, lassen sie sich von nichts mehr beirren und schon gar nicht von so profanen Dingen wie Arbeitskleidung.

Langer Rede kurzer Sinn: Ich habe mich (natürlich) beim Demonieren und Reinigen unseres kleinen Gartenbrunnens dreckig gemacht. Nicht wirklich stark. Paar Lehmklumpen an der Hose, durchnässte und matschige Knie, Schlamm auf dem Business-Hemd bis zu den Ellenbogen. Man(n) macht keine halben Sachen.

Als es nun also zu spät war, beschwerte sich meine Frau, dass ich für solche Drecksarbeit ja eigentlich Arbeitsklamotten im Keller hätte, steigerte sich dann über die Feststellung, sie sei ja nur noch am Putzen und Waschen, bis hin zur angedrohten Scheidung. Und das alles nur wegen ein bisschen Dreck.

Wir wollten doch nur die Gartenmöbel in den Keller tragen.

112. „Meine Schuhe"

Der nächste Grund hat auch etwas mit Kleidung zu tun. So wie viele Frauen Schuhe sammeln und diese in den Schrank stellen, so geht es mir mit Krawatten. Ich liebe Krawatten. Aber gut müssen Sie aussehen – gut nach meiner Empfindung und meinem Geschmack.

Aktuell werde ich in etwa 100 unterschiedliche Krawatten im Schrank haben. Dass es nicht mehr sind und werden, liegt daran, dass ich alte und ganz unmoderne immer wieder aussortiere und wegschmeiße, d.h. ich bin eine Art von Krawatten-Messie. Aber überall wo ich schöne Schlipse sehe, komme ich in die Versuchung zuzugreifen.

Allerdings ist es so, dass ich in Klamotten-Geschäften immer schnurstracks in Richtung Herren-Hemden- und Krawatten-Abteilung pilgere. Einige meiner Krawatten sind schon ziemlich gewagt, das gebe ich zu. Bei meinem letzten Arbeitgeber gab es mal eine Zeit lang den „Wettbewerb", wer die grausamste Krawatte anhabe. Ich glaube, ich war ungeschlagen in Führung.

Dieser ausgefallene Geschmack ist aber nicht das, was meine Frau stört. Im Gegenteil, sie findet die meisten meiner Krawatten gewagt, aber gut. Der Scheidungsgrund ist einfach der: Ich muss immer an Krawattenständern stehen bleiben und sie mir anschauen – auch wenn ich letztendlich keine kaufe.

Eigentlich dachte ich, dass Frauen dafür Verständnis haben müssten. Schließlich verlaufen doch so 90% aller Einkaufsbummel der Frauen.

113. Spurensuche

Hatte ich schon erwähnt, dass ich am liebsten kalten Kaffee trinke? Meine Vermutung ist, dass ich diesen Geschmack durch den normalen Tagesablauf in der IT-Abteilung entwickelt habe:

Man holt sich einen Kaffee, geht zurück zum Arbeitsplatz und dann bricht die Welt (oder nur das Internet) zusammen und man wuselt die nächste Stunde hochkonzentriert herum. Wenn das Problem dann endlich behoben ist und man zum Kaffeetrinken kommt, ist dieser kalt.

Um diesen Genuss auch morgens zum Frühstück zu haben, habe ich eine Zeitschaltuhr an der Kaffeemaschine. Um exakt 2:00 Uhr morgens schaltet sich die Maschine ein, der Kaffee läuft durch und anschließend schaltet sich die Maschine wieder aus. Um 6:00 Uhr habe ich dann zum Frühstück einen leckeren, kalten Kaffee.

Folglich muss ich mir die Kaffeemaschine immer am Vorabend präparieren. Da kommt es derweilen schon einmal vor, dass ich in der Dunkelheit oder vor Müdigkeit ein bisschen Kaffeepulver beim Transport vom Kaffee-Topf in den Kaffeefilter verliere. Nichts wirklich Schlimmes. Der geneigte Sucher findet dann eine kleine Kaffeepulverspur auf dem Küchenboden und der Arbeitsplatte. Ich weiß auch nicht, warum meine Frau diese Spuren so schlimm findet. Muss man sich deswegen wirklich scheiden lassen? Mal ehrlich?

114. Arbeitsloser Diener

Wer sich beim letzten Grund dachte, dass dies nach einem Junggesellenhaushalt klingt, wird diese Ansicht hier vielleicht noch bestärkt finden. Man sagt ja, dass es gut sei, wenn Männer zwischen Hotel-Mama und Hotel-Freundin/Ehefrau auch mal eine Zeit lang alleine wohnen. Diesem Ratschlag bin ich gefolgt – damals sehr zum Leid meiner damaligen Lebensabschnittsbegleiterin.

Die Kehrseite der Medaille ist wohl, dass sich in dieser Junggesellenzeit ein paar Handlungsweisen einschleichen, die dann die spätere Ehefrau zur Weißglut bringen können. So auch diese hier:

Wenn ich abends zu Bett gehe, hänge ich Hemden und Hosen über unseren stummen Diener im

Schlafzimmer, um dann an einem der nächsten Tage noch mal darauf zurückgreifen zu können. Den Check ob denn das Hemd beispielsweise noch sauber ist, vergesse ich dann und wann schon einmal. So kann es also auch vorkommen, dass meine Frau dann ein Hemd findet, welches zweifelsfrei beweist, dass ich im Büro Spagetti Bolognese zu Mittag hatte. Mir würde es dann auffallen (denke ich zumindest), wenn ich das Hemd noch einmal anziehen wollte. Meist kommt mir meine Frau aber zuvor und erzählt mir dann abends von ihren Funden auf meinem stummen Diener. Wieder ein Scheidungsgrund.

115. Nur Natur pur

Wir wohnen weder mitten in der Stadt noch auf dem Land. Eigentlich die ideale Mischung aus Kleinstadt und Ruhe. Da meine Frau eine Zeit lang eine halbe Autostunde entfernt gearbeitet hat, hatte sie dann auch bald Freunde und Bekannte, die etwas ländlicher wohnten. Wie würde man unfein sagen: „Am Arsch der Welt" oder „Am Busen der Natur".

Und genau dahin sind wir dann auch einmal zu Besuch gefahren. Wir fuhren und fuhren und fuhren und kamen dann irgendwann am wahrscheinlichen Ende der Welt an. Als ich scherzhaft sagte, dass es hier aber schön sei und ich auch gerne so abgeschieden wohnen würde, erntete ich einen ziemlich bösen Blick, der irgendwo zwischen Scheidungsgrund und „nur über meine Leiche" einzuordnen war.

116. Schlüsselgewalt

Sind Sie auch ein Gewohnheitstier? Ich auf jeden Fall. Es gibt Handgriffe, die mache ich vollautomatisch ohne auch nur eine Sekunde darüber nachzudenken. Einer dieser Handgriffe ist auch das Abschließen des Autos. Dank der Funkfernbedienungen geht das ja recht fix. Man drückt auf das Knöpfchen und das Auto ist verschlossen.

Wenn wir nun z.B. kurz etwas zur Oma bringen, sprich: Aussteigen, Ware ins Haus tragen und zurück zum Auto gehen – dann sind die Autotüren abgeschlossen, da ich dies reflexmäßig gemacht habe. Meine Frau versteht das nie. Es kommt dann immer die Frage, warum ich denn abgeschlossen hätte und ich versuche ihr den Reflex zu erklären und sage, dass ich das gut finde... denn durch dieses Verhalten laufen einige Dinge mit hoher Präzision ab und es kann mir nicht – wie ihr – passieren, dass ich ohne Schlüssel rausgehe.

Um ehrlich zu sein, bin ich mir nicht 100%ig sicher, ob nun das Abschließen des Autos der Scheidungsgrund ist, oder das Aufziehen meiner Frau mit den von ihr vergessenen Schlüsseln. Zum Glück reihe ich mich bei letzterem sehr gut bei Ihren Eltern ein, die ihr auch schon oft gesagt haben, dass sie irgendwann mal einen Haustürschlüssel geschenkt bekommen wird, weil sie diesen auch immer vergisst.

117. Männliches Arbeitszimmerchaos

Männer brauchen einen persönlichen Rückzugsraum, auch wenn Frauen das nicht unbedingt erkennen, gutheißen oder genehmigen. Mein Rückzugsraum ist im Dachgeschoss und nennt sich Büro, Bastelraum oder Werft.

Da sitze ich, wenn ich am PC arbeite. Da sitze ich auch, wenn ich an einem Modellboot bastele oder ein Flaschenschiff herstelle. Daher auch der Name Werft.

Wie das halt so ist, sammeln sich mit der Zeit mehr und mehr Sachen an. Vor allem auf meinem Schreibtisch. Irgendwann schrumpft die Arbeitsfläche zunächst auf die Größe eines Serviertabletts, dann auf die Größe eines Blatts Papier und zum Schluss bin ich irgendwo zwischen einer 5 Cent-Münze und 60 Cent Briefmarke. Das ist dann der Tag, an dem ich wieder anfange aufzuräumen. Danach ist aber auch alles wieder pikobello – ehrlich!

Nicht erst wenn die freie Arbeitsfläche auf die Größe eines Blattes Papiers geschrumpft ist, empfindet meine Frau es als Zumutung an meinem Tisch zu arbeiten. Allerspätestens aber, wenn sie selbst kaum noch an die Tastatur kommt, heißt es wieder, dass das Büro ein Scheidungsgrund ist. Eigentlich ist das Büro mehr als nur ein Scheidungsgrund. Wenn man meine Frau fragen würde, wären es sicherlich zehn Scheidungsgründe – zumindest vom Gewicht her.

118. Waage

Jetzt wird es endlich hoch-erotisch. Darauf haben Sie als Leser(in) bestimmt schon lange gewartet. Es geht um nackte Wahrheiten, um blanke Haut, um Männer-Fleisch. Es geht wieder einmal um meine Füße!

Um meine hocherotische Figur, mit dem im Speckmantel verhüllten Waschbrettbauch zu behalten, unternehme ich sehr viel; z.B. gehe ich einmal im Monat (höchstens) auf die Waage. Wenn diese nicht gerade einen „Error" (bitte nicht zu zweit drauf stellen) zeigt, verrät sie mir mein Gewicht. Und von diesem Gewicht muss ich dann rund 1 kg abziehen, denn ich darf die Waage nicht mehr barfuß betreten.

Mit meinen (wie meine Frau so schön sagt) „ekelhaften Füßen" darf ich nicht ohne Socken auf unser Wiegeinstrument. Sollte ich es aus Unachtsamkeit dann doch mal tun, wäre das sicherlich ein Scheidungsgrund par Excellence.

119. Bei mir tickt's wohl
Tick. Tick. Tick. So klingt (klang) unsere Zeitschaltuhr in der Küche, die ich einmal jährlich aus dem Keller hole, um damit die Weihnachtsbeleuchtung zu steuern. In der Advents- und Weihnachtszeit erstrahlen morgens ein paar Sterne im Vorgarten und abends ein Lichterbogen in unserem Hause.

Damit das Licht nicht den ganzen Tag brennt und unnötig Strom frisst – man ist ja ein bisschen energiebewusst – hatte ich die Lichter bis Weihnachten 2014 an eine alte, mechanische Zeitschaltuhr angeschlossen. Diese tickte gemütlich vor sich hin und schaltete exakt, so wie ich es wollte.

Der Nebeneffekt war aber das Tickgeräusch der Uhr. Dass dieses meine Frau störte, wusste ich (ehrlich gesagt – bitte verraten Sie mich nicht!) schon seit Jahren. Aber in dem besagten Jahr kam es dann zum Eklat! Das Ticken wurde ganz offiziell zu einem Scheidungsgrund erhoben.

Wenn ich ganz ehrlich bin: Mich hat es auch ein Wenig gestört. Da ich aber Geräusche sehr gut ausblenden kann (unter anderem auch die Stimme meiner Frau), habe ich nie etwas unternommen. Nun war ich aber gezwungen und habe die alte Zeitschaltuhr gegen eine digitale ausgetauscht, die auch Smarthome-Funktionalitäten besitzt. Sie ist also nicht nur geräuschlos, sondern ich kann sie sogar per Smartphone aus der Ferne ein- und ausschalten. Damit habe ich sicherlich ein paar Pluspunkte in der Ehestatistik erarbeiten können und damit Luft für ein paar neue Scheidungsgründe.

120. Die Landebeleuchtung

Weihnachtsdekoration ist ein gutes Stichwort. Bei uns ist sie recht sparsam und dezent. In der Nachbarschaft gibt es allerdings auch ein paar Häuser, die einen deutlich auffälligeren Geschmack (allerdings nicht bei Krawatten) haben. Dort blinkt es in allen bunten Farben und das Blinken und Funkeln wird jedes Jahr mehr. Es findet ein regelrechtes „Aufrüsten" unter den Nachbarn statt.

Im Spaß habe ich dann auch mal vorgeschlagen, unsere Deko diesem Aussehen anzupassen. Was mich davon abhält, ist aber auch die Tatsache, dass wir in der Einflugschneise eines großen Flughafens wohnen und die Flugzeuge über uns schon das Fahrgestell ausgefahren haben. Von daher hätte ich die Sorge, dass bei einer blau blinkenden Weihnachtsbeleuchtung plötzlich ein Airbus A380 in unserem Vorgarten parkt.

Meine Frau konnte diese Bedenken teilen und legte noch einen drauf. Eine Weihnachtsbeleuchtung wie die Landebahn eines Flughafens wäre ein klarer Scheidungsgrund für sie.

Macken meiner Frau: 6 von 10
Ist es bei Ihnen zu Hause auch so, dass der meiste Müll, der entsteht, der Papiermüll ist? Jeden Tag kommen Werbematerialien in den Briefkasten, dazu Zeitschriften, Zeitungen und Pakete vom Online-Einkauf. Alles wandert dann in die grüne Tonne. Alles? Nein, nicht alles. Zumindest nicht, wenn meine Frau den Papiermüll zur Tonne bringt.

Kartons werden von Ihr grundsätzlich nur bis zum Deckel der Tonne transportiert, wo sie dann ihr Dasein fristen, bis ich mich erbarme und das parat liegende Cutter-Messer nehme, um die Kartons zu öffnen oder zu zerschneiden, damit sie in die Tonne passen. Ich kann nur annehmen, dass meine Frau Angst vor diesem gefährlichen Werkzeug hat.

Das Beste ist dann aber immer die Frage „Was hast Du eigentlich so lange am Müll gemacht? Du wolltest doch nur gerade das Altpapier herausbringen." – Frauen!

121. Angst vor der Natur
Vielfach wird heute behauptet, dass Kinder glauben, Kühe seien lila-weiß. So ähnlich ist es auch bei uns diesbezüglich. Während ich kaum Berührungsängste mit Mutter Natur habe, macht sich meine Frau eher Sorgen.

So habe ich beispielsweise auf einer Wanderung feststellen müssen, dass meine Frau Angst vor Tollwut äußerte, nur weil ich mitten im Nichts ein paar Brombeeren vom Busch naschen wollte. Die klare Aussage ist: Früchte kommen nur aus dem Supermarkt und nicht direkt vom Baum. Wenn ich Früchte in der Natur von Bäumen oder Sträuchern esse, ist dies ein Scheidungsgrund.

122. Geldverschießung
Silvester werden jedes Jahr viele tausend Euro in die Luft gejagt. Was mich angeht, muss ich zugeben, dass ich das Feuerwerk gerne betrachte. Selbst tätig zu werden, darauf habe ich ehrlich gesagt keine große Lust. Ich bin da der klassische Silvester-Passiv-Feuerwerker. Und das ist sicherlich auch gut so.

Irgendwann – um einen Jahreswechsel – haben meine Frau und ich uns über die Böllerei unterhalten und sie sieht es ähnlich wie ich. Naja, eigentlich sieht sie es sogar einen Hauch krasser. Sie meinte, wenn ich einer derjenigen wäre, die ein halbes Monatsgehalt in den Supermarkt tragen, um dafür Silvesterkracher zu kaufen, dann wäre dies ein definitiver Scheidungsgrund. Zum Glück, dass wir hier mal einer Meinung sind... Welch' eine Seltenheit...!

123. Tiefer gelegt
Sex wird überbewertet - ganz klar. Vor allem, wenn man mal entspannen möchte, also im Urlaub. In der Vergangenheit haben wir unsere Urlaube gerne mit Verwandten in einem Ferienhaus zusammen verbracht. Mit anderen Worten: wir waren in der Regel 6 Personen auf engstem Raum. Wer jetzt Ferienhäuser kennt, weiß dass diese in der Regel nicht so gut gegen Schall isoliert sind, wie die eigene Wohnung. Somit übertragen sich Geräusche jeglicher Art gut von einem Raum zum anderen.

In einem Urlaub passierte dann folgendes Erlebnis: Wir kamen am Urlaubsort an und räumten gerade das Gepäck ins Haus. Nach dem Auspacken der Koffer ließen meine Frau und ich uns einfach rückwärts auf das Bett fallen, um mal tief durch zu atmen. Das Möbelstück quittierte dies mit einem lauten Knall und ich saß 30 cm tiefer. Das Bett war zusammen gebrochen. An dieser Stelle möchte ich zum Selbstschutz festhalten, dass dies nicht auf mein Übergewicht, sondern auf eine defekte Stütze des Lattenrosts zurück zu führen war!

Jedenfalls mussten wir uns im Anschluss an diese Aktion lange und wiederholt anhören, dass das Bett wegen wildem Sex eingebrochen sei. Die Wahrheit glaubt uns bis heute niemand.

Nach diesem Erlebnis wurde dann "Sex im Ferienhaus" zu einem No-Go, also zu einem Scheidungsgrund erklärt.

124. Auch ein Computer ist nur ein Mensch

"Der Schuster hat die schlechtesten Schuhe." Das gilt leider auch für mich in Sachen Computer. Alle Welt hatte bereits riesige TFT-Monitore, da stand bei mir noch immer ein schweres Röhrengerät auf dem heimischen Schreibtisch. Den heimischen Computer wechsle ich immer erst dann, wenn ich den Eindruck habe, dass das Hochfahren länger dauert als die Tagesschau. Verständlich, dass dies einen normalen Endanwender ziemlich nervt. In diesem speziellen Fall ist meine Frau der genervte Endanwender.

Irgendwann - sie hatte schon lange alle PC-Tätigkeiten auf ihr Smartphone verlagert - saßen wir abends vor dem Rechner, um Geburtstagseinladungen zu designen, als der Rechner mal wieder ewig zum Hochfahren brauchte, danach ein Service-Pack installierte, um anschließend wieder runter- und erneut hochzufahren. Dann stellte das System fest, dass ein Installationsfehler aufgetreten sei, was zu zwei weiteren langsamen Reboots führte, um den Ursprungszustand wieder herzustellen. Das ganze Prozedere hatte damit annähernd so viel Zeit gebraucht, wie ein Kinofilm mit Überlänge.

Jedenfalls war meine Frau der Meinung, das müsste alles irgendwie schneller gehen, während ich als einziges Wesen noch zu dem in die Jahre gekommenen Rechner hielt.

Die Diskussion gipfelte in zwei wesentliche Erkenntnisse:

1. Wir kaufen sofort einen neuen Rechner

2. Ein so lahmer Rechner ist ein Scheidungsgrund.

Es ist also absehbar, dass wir in 8-10 Jahren vor einer sehr ähnlichen Gesamtsituation stehen werden.

125. Lotion-Quälerei

Ab und zu höre ich nach dem Duschen meiner Frau meinen Namen durch das Haus schallen, dann weiß ich: es ist wieder so weit, sie möchte gerne ihren Rücken mit Body-Lotion eingerieben haben. Eine besondere Freude für mich.

Sie steht dann meistens leicht nach vorne gebeugt im Badezimmer und strahlt eine gewisse Unruhe aus. Diese Unruhe rührt daher, dass der Augenblick der Konfrontation von kalter Body-Lotion mit einem von der heißen Dusche aufgeheizten Körper kurz bevorsteht. Zu sagen, ich würde mir daraus einen Spaß machen, wäre maßlos unter trieben. Ja, ich genieße es, sie in diesem Augenblick für alle bekannten und noch kommenden Scheidungsgründe leiden zu lassen.

Einmal habe ich einen riesigen Schwall eiskalter Body-Lotion in einem einzigen, schnellen Schwung auf ihren Rücken spritzen lassen, was mit einem Schreckensschrei quittiert wurde. Wirklich phänomenal. Die unmittelbare Konsequenz war dann auch eigentlich absehbar: ein neuer Scheidungsgrund.

Zum Glück gibt es ja noch ein paar andere Ideen im Zusammenhang mit Verreiben von Body-Lotion: vorheriges Abkühlen der Hände unter eiskalten Wasser, Verteilen der Body-Lotion in vielen kalten Einzelspritzern...

126. Witz du bist umzingelt

Eigentlich denke ich von mir, dass ich ein recht lustiger Mensch bin. Zumindest neige ich – als rheinische Frohnatur – dazu, gerne mal ein Späßchen zu machen oder einen Wortwitz über die Lippen zu bringen. Die Umwelt reagiert manchmal sogar darauf, was mich in meiner Annahme bestätigt.

Meine Frau dagegen kann ich nicht so einfach unter den Begriff der Umwelt subsumieren, denn sie findet die Witze nicht komisch. Und wenn sie mal einen über die Lippen bringt, über den ich nicht lache, sagt sie sogar „Das war ein Thomas-Witz" und diese sind nicht komisch.

Um ganz genau zu sein, empfindet sie mache meiner Sprüche sogar als kleine Peinlichkeiten (ich fürchte, wenn sie dieses Buch Korrekturlesen wird, wird das Adjektiv „kleine" hier in „große" geändert werden). Ja, es ist sogar schon öfters der Satz gefallen, dass meine nicht witzigen Witze ein Scheidungsgrund wären. Und ich hatte ehrlich gesagt anfangs immer gedacht, dass sie mich genau wegen solcher Dinge geheiratet hätte. Wie Mann doch daneben liegen kann.

127. Faul oder dreckig

Männer sind recht einfach gestrickt und versuchen sich das Leben in der Regel so einfach wie möglich zu machen – das ist zumindest meine Behauptung. Für mich bedeutet dies auch, dass ich Sachen nicht unnötig auf die Erde stelle, wenn ich genau weiß, ich muss mich dann anschließend mehrfach danach bücken.

Um das mal an einem griffigen Beispiel festzumachen: Man stelle sich den Wocheneinkauf mit riesigen, schweren Plastikkisten vor. Das Auto ist voller Einkäufe. Diese werden dann im Schweiße des männlichen Angesichts aus dem Kofferraum entladen, durch die Tür und den vollgestellten Flur in Richtung Küche gequetscht. Nun sind in diesen Kisten und Tüten Dinge wie Dosentomaten, Milchkartons, Butterklötzchen, Obst und vieles mehr, d.h. Sachen, deren Bestimmungsort die Küche ist, die aber an unterschiedliche Stellen sortiert werden müssen.

Was mache ich als praktisch veranlagtes Wesen: Ich stelle die schwere Kiste auf den Küchentisch, um von da aus mit dem Aus- und Wegräumen starten zu können. Auf den Küchentisch deswegen, weil ich kein gesteigertes Interesse daran habe, mich für jedes Teil einzeln bücken zu müssen.

Aus weiblicher Sicht, speziell aus der Sichtweise meiner Frau, ist dieses Verfahren aber gar nicht gut, denn diese Einkaufskiste stand ja vorher im Auto, im Einkaufswagen, ggf. auf Parkplatz, sprich sie ist pauschal als dreckig einzustufen und hat damit nichts auf einem Küchentisch zu suchen.

Meine Argumentation in eine andere Richtung wurde leider schlichtweg mit dem Begriff Faulheit abgetan und das Stellen der Kiste auf dem Tisch im Gegenzug zu einem Scheidungsgrund ernannt.

Wenn ich also mal über Rückenschmerzen klage. Sie wissen woher es rührt.

128. Stoppelfeld im Bad

Meine Frau zählt zu den wenigen Vertreterinnen ihrer Gattung, die nicht Stunden im Bad verbringen. Es kommt sogar häufig vor, dass sie im Bad schneller ist, als ich.

Wer sich fragt, wie das geht: Ist doch klar: Sie muss sich nicht rasieren. Womit ich auch schon beim Thema bin.

In meinem Leben habe ich schon mehrfach zwischen Nass- und Trockenrasur hin und her gewechselt und bin schließlich bei der Trockenrasur hängen geblieben. Ein gravierender Nachteil dabei – neben der Gefahr der leeren Akkus – ist auch, dass beim Rasierprozess immer kleine Härchen durch die Luft rieseln und sich wie feiner, schwarzer Pulverschnee auf dem weißen Waschbecken niederlassen. Ein Umstand auf den ich ehrlich gesagt nie wirklich geachtet hatte. Zumindest nicht bis ich eine klare Ansage zu diesem Verhalten bekommen habe.

Seit dem Tag, an dem meine Bartstoppeln im Waschbecken zu einem Scheidungsgrund avancierten, brauche ich noch länger im Bad. Schließlich muss ich jetzt nach dem Rasieren einen kleinen Waschbecken-Putz durchführen.

129. Leidensfähigkeit von Zahnärzten

Für diesen Scheidungsgrund muss ich wieder ein bisschen weiter ausholen. Als meine Exfreundin (jetzt Frau) und ich uns ungefähr ein Jahr kannten, fragte sie mich mal nach dem Zahnarzt, den ich regelmäßig besuchen würde. Ich muss wohl mit einen recht verständnislosen Blick reagiert haben, denn sie hakte direkt nach „Du gehst doch regelmäßig zum Zahnarzt, oder?!". Sicherheitshalber antwortete ich irgendwie ausweichend und wir suchten dann irgendwann mein zahnärztliches Bonusheft um dann festzustellen, dass mich die letzten zehn Jahre kein Vertreter der dentalen Berufsgruppe gesehen hatte.

Also machten wir einen gemeinsamen Zahnarzttermin aus. Ich übernahm auch den Haus- und Hofzahnarzt meiner Frau, schließlich konnte ich keinen eigenen Stammzahnarzt vorweisen.

Die Erwartungshaltung meiner Frau war recht einfach. Da sie regelmäßig zu hören bekam, dass sie mehr für ihre Zähne tun müsse und häufiger vorbei kommen sollte, war sie fest davon überzeugt, dass ihr Zahnarzt mich verbal mindestens köpfen, wenn nicht auch noch vierteilen würde. Aber es kam anders:

Der Zahnarzt erklärte meiner Frau, dass sie öfter kommen müsse, einmal jährlich wäre nicht genug und sie hätte schon wieder ein Loch.

Dann kam ich auf den Stuhl. Ich öffnete den Mund mit einem gewissen Grad an neugieriger Erwartung. Andere würden es vielleicht „Angst" nennen. Der Arzt schaute sich die Zähne an, stellte mit Überraschen fest, dass alle Zähne – einschließlich der Weisheitszähne - vorhanden seien und meinte dann zu meiner Frau: „Ihr Freund hat aber klasse Zähne. Wäre schön, wenn Ihre auch so wären." Die zehnjährige Zahnarztabstinenz hatte offensichtlich nicht geschadet.

Jedenfalls war das Thema Zahnarzt ab da ein leichtes Reizthema, aber ich erklärte mich bereit, ab jetzt wirklich einmal im Jahr dort zu erscheinen.

Ein Jahr später kam es dann wieder zu dem Termin und unbedarft wie ich war, sprach ich mit meiner „da wohl schon Frau" ab, dass ich nach der Arbeit direkt zum Zahnarzt käme und wir uns dann dort treffen könnten. Mit diesen Worten schnappte ich mir meine Arbeitstasche und wollte vor die Tür treten, als mich ein paar Worte trafen: „Hast Du nicht was vergessen?". Den Autoschlüssel hatte ich, mein Mittagessen auch... was sollte denn fehlen?

Es fehlte mein Kulturbeutel. Für mich unverständlich, schließlich hatte ich nicht vor im Büro zu übernachten.

Daraufhin wurde mir klar gemacht, dass es ein absolutes Unding wäre, mir keine Zahnbürste einzupacken. Ich müsse mir doch kurz vor dem Zahnarztbesuch die Zähne putzen. Zuwiderhandlungen würden mit Scheidung bestraft.

130. Streifenhörnchen
Irgendwann haben wir uns mal einen Kamin angeschafft, zum einen um die Gaskosten zu senken und zum anderen um die gemütliche Feuerwärme zu haben, die ich am Kaminofen bei meinen Schwiegereltern kennenlernen durfte.

Klar: Kamin ist Feuer und Feuer ist Männersache! Also habe ich dann auch – zumindest anfangs – immer das Holz geholt, den Kamin sauber gemacht. Ebenso habe ich den Bereich vor dem Kamin geputzt und was sonst noch alles dazu gehört. Inzwischen denke ich mir, dass im Rahmen der Emanzipation auch die Frauen mal die Gelegenheit haben sollten, das Holz bei Regen, Schnee und Sturm von Draußen herein zu holen.

Was aber immer noch in mein Aufgabenfeld gehört, ist das morgendliche Reinigen des Kamins. Hier muss dann die Glasscheibe von Rußresten befreit, die Asche im Kaminofen durch das Sieb gefegt und neues Holz aufgeschichtet werden.

In der Praxis sieht das Ganze so aus: Ich stehe vor meiner Frau auf, ziehe mich dann unter dem Dach an (die Kleidung habe ich mir abends bereit gelegt) und komme dann irgendwann im Wohnzimmer an. Berufsbedingt mit Hemd und Krawatte. Dann ist der Kamin dran.

So passiert es einmal, dass ich versehentlich mit einer kleinen Ecke meines Businesshemdes die Innenseite des Ofens leicht tuschierte – was dann zu einem zwei Zentimeter breiten und 20 Zentimeter langen, schwarzen Strich auf dem Hemd führte.

Aus dieser Lappalie wurde dann schnell ein weiterer Scheidungsgrund. Ich verstehe das einfach nicht.... Nur weil Ruß so schlecht aus Kleidung herausgeht.

131. Abwarten und sauber machen lassen

Duschen ist ein gutes Stichwort. Wir haben vor einiger Zeit unsere in die Jahre gekommene Duschabtrennung aus Plastik in eine Glasduschkabine umbauen lassen. Das ist deutlich pflegeleichter und sieht auch noch besser aus.

Um die Pflege zu unterstützen, hängt dort nun ein Abzieher, um nach dem Duschen die Wassertropfen von der Scheibe zu entfernen und damit Kalkflecken zu vermeiden. Es ist ja kein Akt, kurz über die Glasflächen zu gehen, bevor man aus der Dusche steigt.

Jetzt kam es in der Vergangenheit schon ein paar Mal (häufiger) vor, dass ich meiner Frau beim Duschen im Badezimmer Gesellschaft geleistet habe. Wir nutzen diese Zeit regelmäßig, um das Tagesgeschehen Revue passieren zu lassen.

Nach dem Duschen habe ich meiner Frau dann immer wieder gerne dabei zugeschaut, wie sie mit dem Duschabzieher die komplette Dusche gereinigt hat. Ich habe mich im Anschluss daran bedankt, dass sie mir die Dusche so schön vorbereitet hat und ich nun duschen gehen würde. Mit anderen Worten, ich habe sie ein bisschen veräppelt und auflaufen lassen. Es macht ja schließlich keinen Sinn zwischen zwei Duschgängen die Wände zu trocknen.

Die ersten zehn Mal fand sie das auch noch recht witzig, aber irgendwie scheint ihr Humor mit der Zeit aufgebraucht zu sein. Jetzt ist es ein Scheidungsgrund. Aber sie hat auch dazugelernt. Sie fragt nun am Anfang immer „Gehst Du auch gleich noch duschen?"

132. Alter Recke

Auch ich habe meine Macken – ich muss es an dieser Stelle zugeben. So bin ich morgens beim Aufstehen noch recht langsam und brauche meine

Zeit um in die Gänge zu kommen. Allerdings ist das sicherlich genetisch bedingt.

Mein Vater, zum Beispiel, setzt sich morgens immer erst auf die Bettkante und verharrt eine gewisse Zeit in Regungslosigkeit. Ich weiß, dass meine Mutter ihn am Anfang ihrer Beziehung einmal angesprochen hat, was er denn da tue und mein Vater antwortete: „Ich ruhe mich vom Schlafen aus!"

Ähnlich sieht es also auch bei mir aus. Wobei ich nicht regungslos da sitze, sondern mich nach Herzenslust recke und strecke und dabei dann auch das ein oder andere Geräusch von mir gebe.

Und genau diese Geräusche führen dann zum Scheidungsgrund. Meine Frau sagt immer: „was sollen die Nachbarn denken? Weißt Du wie sich das anhört?" „Nach Recken und Strecken...."

Vielleicht hätte ich diesen Scheidungsgrund doch unter die Rubrik der intimen Gründe packen sollen.

133. Kleidungsmessi

Das Thema mit den herumliegenden, getragenen Socken hatte ich ja bereits im Vorfeld mal angesprochen. In diesem Umfeld bin ich aber absolut mustergültig unterwegs: Ich bringe meine dreckige Wäsche nach dem Ausziehen immer sofort in die Wäschebox.

Hemden die nach einem Tragen noch nicht dreckig geworden sind, obwohl sie großen Gefahren, wie zum Beispiel dem Mittagessen ausgesetzt waren, wandern an Bügeln auf meinen stummen Diener im Schlafzimmer. Ebenso Pullover oder Hosen.

Da ich darauf achte, die gleichen Kleidungsstücke nicht an zwei aufeinanderfolgenden Tagen zu tragen, kann es schon einmal sein, dass sich ein kleiner Kleidungsvorrat auf dem stummen Diener sammelt.

Meine Frau hat da aber eine etwas differenzierte Art der Betrachtung. Dies ist vielleicht auch darauf zurück zu führen, dass Ihr Diener-Exemplar im Wesentlichen nackt herum steht, während mein Diener gut und reichlich angezogen ist.

Sie meint dazu, dass ich mit der Zeit den kompletten Inhalt meines Kleiderschranks auf den Diener verlagern würde. Nachdem ihr mein schwer beladener Diener beim Putzen einmal entgegen gekippt ist – muss leider etwas schmerzhaft gewesen sein – wurde die Verlagerung von großen Kleidermengen auf den stummen Diener dann auch urplötzlich zu einem Scheidungsgrund erhoben.

Ich bemühe mich nun redlich, die an mich gestellten Anforderungen zu würdigen und den Diener nur mit maximal 5-7 Outfits zu belasten.

134. Kalt oder warm

Wie kalt ist es in Ihrem Schlafzimmer? Ich meine nicht die gefühlsmäßige Kälte, sondern die tatsächliche Raumtemperatur. Bei uns ist es sehr schwankend, denn die Vorstellungen meiner Frau und meine liegen ein bisschen auseinander.

Während ich gerne eine eisige Raumtemperatur habe und mich dann liebend gerne unter meiner dicken Daunendecke einkuschle, bevorzugt meine Frau eine mäßige Raumtemperatur und dafür nur eine dünne Bettdecke.

So kommt es dann schon mal zu den kleinen Spielchen, dass ich etwas länger lüfte und dadurch die Raumtemperatur sinkt und sie dafür dann im Gegenzug – nachdem das Fenster geschlossen ist – die Schlafzimmertüre offen lässt, damit die Wärme aus dem Haus sich auch ins Schlafzimmer hineinschleichen kann.

Um es vorweg zu nehmen: Meistens pendelt unsere Raumtemperatur so um die 17°C, dies ist der Wert auf den wir uns beide verständigt haben. Die zwei Nächte im Jahr, wenn meine Frau auf Mädel-Wochenende ist, nutze ich dann aber extensiv um bei niedrigen Raumtemperaturen zu schlafen.

Wenn ich doch mal die Raumtemperatur (völlig unabsichtlich und eher zufällig) auf 15° C abgesenkt habe, dann klingelt es schon wieder in meinen Ohren.

135. Nordische Gelassenheit

Heutzutage ist es ja „in", ein Burnout oder andere Stresssymptome zu bekommen. Im Beruf muss es immer schneller und produktiver gehen und die Freizeitplanung entwickelt sich auch mehr und mehr in ein durchoptimiertes Programmpaket. Echte Oasen der Erholung werden immer seltener und umso wichtiger ist es dann auch einmal durchatmen zu können. Soweit die Theorie.

Es gibt aber auch Regionen in Deutschland, in denen die geschäftige Hektik noch nicht so um sich gegriffen hat. Aus unserer Sicht ist das zum Beispiel an der Nordseeküste.

Woran wir das festmachen, ist die Piep-Frequenz der Scanner-Kassen im Supermarkt. Geht man im Rheinland in einen Supermarkt piept es in der Geschwindigkeit eines Techno-Hits, während im Gegensatz dazu in einem Supermarkt an der Nordsee die Piepser eher an einen langsamen Walzer erinnern.

Mir persönlich kommt diese Ruhe und Ausgeglichenheit sehr entgegen, meine Frau dagegen empfindet dies fast als persönliche Beleidigung und meint, wenn sie selbst so langsam werden müsse, dann wäre das ein Scheidungsgrund.

Wobei, wenn ich ganz ehrlich bin, ich weiß nicht, ob ich wirklich dauerhaft mit Ruhe umgehen könnte, wenn ich sie jeden Tag 24 Stunden um mich herum hätte. Wobei... vielleicht doch.

136. Heiß im Schnee
Diesen Scheidungsgrund zu realisieren wird immer schwieriger. Ob das an der Klimakatastrophe liegt? Umweltschützer würden das sicherlich so sagen wollen. Entsprechend ist es auch schon eine geraume Weile her, dass dieser Scheidungsgrund ausgesprochen wurde.

Es war in unserem ersten richtigen Winterurlaub im Sauerland. Wir hatten zweistellige Minusgrade und sehr viel Schnee. Umso glücklicher war ich, dass ich meinen alten Holzschlitten eingepackt hatte. So konnten wir an einem Tag gepflegt rodeln gehen. Und es kam natürlich wie es kommen musste. Wir sausten in einem irrsinnigen Tempo den Abhang herunter und kippten mit dem Schlitten um. So lagen wir dann nebeneinander im Schnee und mussten beide herzhaft lachen.

In meinem jugendlichen Leichtsinn griff ich mit der rechten Hand neben mich, packte eine Ladung Schnee und näherte mich damit – offensichtlich nicht schnell genug – dem Gesicht meiner Frau. Sie schaffte es, meine Hand abzulenken. Sofort wurde mir auf das deutlichste klar gemacht, dass ich nicht einmal im Traum daran denken solle, sie mit Schnee einzuseifen. Zumindest nicht, wenn ich anschließend nicht das Wort „geschieden" auf die Frage nach dem Familienstand antworten wolle.

137. Ich hab' die Hose nass

Wir lieben Urlaub am Wasser, bzw. Wasser an sich. Jedes Mal wenn wir irgendwo am Meer sind, zieht es mich sehr nah an die Wasserlinie heran. Um genau zu sein, ich muss mit den Füßen ins Wasser hinein. Es ist mir dabei auch noch nicht einmal mehr egal, wie kalt die Luft und das Wasser sind.

In der Praxis sieht das so aus, dass ich meine Schuhe ausziehe, die Socken in die Schuhe schiebe, meine Hose hochkrempel und mit den Füßen ins Wasser hineinstapfe.

Und eigentlich passiert es mir immer: Es passierte am Mittelmeer, an der Atlantikküste, an der Ostsee und an der Nordsee. Ich laufe in das Wasser und prompt kommt eine etwas höhere Welle und meine Hose ist nass.

Meine Frau meint, ich würde das absichtlich machen (mache ich aber gar nicht). Und weil ich es absichtlich mache, ist es ein Scheidungsgrund, mit den Füßen ins Wasser zu gehen und anschließend eine nasse Hose zu haben.

138. Alle Finger

Ich esse unheimlich gerne und bin ein Genussmensch. Das wirkt sich auch darauf aus, mit wie viel Mühe ich mir einfache Butterbrote oder Brötchen belege. Da werden schon mal Wurstscheiben zugeschnitten, der Belag mit einem Gürkchen oder einer Sauce verfeinert und erst dann beginne ich mit dem Essen.

Hierzu ernte ich dann das ein oder andere Mal die Bemerkung „bis Du mit dem Essen anfängst, bin ich schon lange satt". Eine Bemerkung über der ich stehe.

Die Konsequenz meiner Brotbelegkünste ist dann, dass die Konstruktionen teilweise nicht sehr stabil sind und zusammen zu brechen drohen. Insbesondere dann, wenn man sich jetzt vorstellt, dass man die Scheibe Brot normal festhält und diese sich unter der Last des Belages auf eine Seite neigt. Damit ist das Gesamtkunstwerk natürlich in Gefahr.

Aus diesem Grund fasse ich solche Leckerbissen dann schon einmal mit beiden Händen an. Dies gewährleistet dann eine ausreichende Stabilität. Meine Finger sind dabei gleichmäßig unter der Brotscheibe verteilt, denn ich hasse es Belag oder Fett an die Finger zu bekommen, wenn ich esse.

Gut, das sieht dann vielleicht nicht mehr fein und Knigge-kompatibel aus, aber das Geschmackserlebnis rechtfertigt dies aus meiner Sicht.

Meine Frau dagegen findet das „mit zehn Fingern ein Brot essen" sehr unästhetisch und hat es – leider – zu einem Scheidungsgrund erhoben.

139. Bestecknutzung

Wo ich schon einmal beim Thema Essen bin. Wie eben schon einmal erwähnt, mag ich es nicht Fett beim Essen an die Finger zu bekommen. Eigentlich alles, wobei man sich essenstechnisch die Finger dreckig macht, ist nicht meine Welt.

Gut, dass im 17. Jahrhundert das Besteck seinen Einzug in die Speisekultur genommen hat. So kann ich wenigstens auch Grillhähnchen oder ähnliches mit Messer und Gabel essen.

Bei uns in der Familie gibt es regelmäßig selbstgebackenen Kuchen. Mal ist es eine Sahnetorte mal aber auch nur einfacher (aber leckerer) Blechkuchen. Ich esse alle diese Süßspeisen grundsätzlich mit einer Kuchengabel. Meine Frau ist da anders gestrickt und nimmt Blechkuchen in die Hand, um genüsslich hinein zu beißen.

Nun ist es so, dass sie meine Essgewohnheit, jeden Kuchen mit einer Kuchengabel zu essen, leider auch zu einem Scheidungsgrund erhoben hat. Sie meint, ich würde manchmal ein bisschen spinnen.

Um ehrlich zu sein, das kann ich noch nicht einmal verleugnen, aber was hat das mit dem Essen zu tun.

140. Haushaltsschneckentempo

Wenn man meine Frau und mich in Punkto Arbeitsweise vergleicht, bewahrheiten sich hier sicherlich die klassischen Vorurteile und Aussagen zu Mann und Frau. Meine Frau arbeitet grundsätzlich an fünf Sachen gleichzeitig, während ich alles nur sequentiell abarbeite. Bekanntlich sind Männer ja nicht multitaskingfähig. Ich für meinen Teil stehe auch dazu.

Entsprechend sieht man bei mir natürlich auch nicht bei allen Dingen gleichzeitig einen erkennbaren Fortschritt.

Ganz besonders fällt es dann noch auf, wenn ich mich am Wochenende, um die Kinder kümmere. Bedingt durch das intensivere Training unter der Woche – meine Frau hat also mindestens Faktor 2,5 mehr Erfahrung (5 Wochentage im Vergleich zu 2 Tagen Wochenende) – ist sie da deutlich schneller als ich, der ich oft überlegen muss, damit ich nichts vergesse.

Und so entsteht der rein subjektive (meine Behauptung) Eindruck, dass ich viel langsamer sei, als meine Frau. Ein Scheidungsgrund... meine Geschwindigkeit.

Ich habe aber auch schon mal den Ansatz gewagt, mich stärkstmöglich zu beeilen. Dieser Versuch ist aber gnadenlos in die Hose gegangen, da es bei mir in Hektik ausartete, die dann die Fehlerquote deutlich erhöht hat. Also bleibe ich lieber langsam, auch wenn das die Gefahr der Trennung manchmal erhöht – vor allem, wenn wir es eilig haben.

Macken meiner Frau: 7 von 10

Für die nächste Macke meiner Frau muss ich kurz die Anordnung in unserm Heimbüro erläutern. Wir haben dort einen Schreibtisch stehen, der zumeist überfüllt ist (siehe auch Scheidungsgrund 117). Auf diesem Schreibtisch stehen links der Monitor und die Tastatur. Davor parkt der eine Bürostuhl – mein Bürostuhl. Rechts daneben parkt ein zweiter Bürostuhl, der Stuhl meiner Frau.

Wenn wir nun gemeinsam etwas erledigen wollen, z.B. Fotos am Rechner anschauen um zu überlegen welche wir davon entwickeln lassen wollen, dann habe ich in der Regel den Part der Rechnerarbeit und meine Frau unterstützt mit Kreativität und Geschmack. Aber sie ist meist vor mir im Büro und setzt sich dann genau auf meinen Stuhl, so dass ich nicht an den Rechner komme. Ich habe es schon mit Abwarten versucht, mit sanftem Wegziehen des Stuhles und anderen Ideen. Eine Verhaltensänderung ist aber nicht zu bemerken. Es ist jedes Mal eine neue Überraschung, dass ich doch an den Computer müsste.

141. Badezimmerbegrenzung

Unter der Woche stehe ich in der Regel 1-2 Stunden vor meiner Frau und den Kindern auf, d.h. ich bin lange aus dem Bad und aus dem Haus, bevor das Familienleben erwacht.

Klar finde ich das nicht unbedingt schön, aber so schaffe ich es dann meistens oder besser gesagt zumindest manchmal, die Kinder abends noch wach zu erleben, wenn ich Heim komme.

Am Wochenende ist dann alles anders. Wir stehen alle zur gleichen Zeit auf. In Folge dessen, tummeln wir uns dann auch zeitgleich im gleichen Badezimmer: Zwei Kinder, meine Frau und ich.

Da unser Bad nicht die Größe eines Tanzsaales hat und natürlich auch jeder irgendetwas im Bad zu tun hat, gibt es Geknubbel am Waschbecken, man rempelt sich gegenseitig an, tritt irgendjemand auf die Füße, nimmt gerade die elektrische Zahnbürste in Beschlag, die jemand anders benutzen will, usw.

Sprich: Es herrscht Familien-Chaos im Bad.

Alle versuchen fertig zu werden, aber niemanden gelingt es wirklich.

Diese Situation wurde dann auch irgendwann zu einem der Scheidungsgründe befördert. Die Alternativ-Idee ist nun: Ein Erwachsener geht zuerst, um sich fertig zu machen, während der andere noch mit den Kids in den Betten herumtobt. Danach kommen dann nach und nach alle mal an die Reihe. So ist die Maximalpersonenzahl im Badezimmer nun auf 2-3 begrenzt.

142. Kunst im Keller

Das Thema dieses Scheidungsgrundes ist der Hausputz, doch anders als vielleicht erwartet. Auch als Mann kommt es schon einmal vor, dass man sich am Haushalt beteiligen darf. Zugegeben, bevor wir Kinder hatten und dementsprechend beide voll berufstätig waren, habe ich mehr gemacht als heute. Aber schließlich trägt meine Frau ja auch aktuell die Berufsbezeichnung „Hausfrau und Mutter".

Wenn ich dann aber doch ab und an mal einen Hausputz mache, kommt es häufig zu folgender Situation: Als letztes ist der Keller beim Putzen dran. Dieser ist komplett gefliest, sodass man mit dem Schrubber und einem feuchten Lappen dort gut durchfahren kann. Aber Kellerräume haben so die Angewohnheit, dass sie nicht ganz leer sind. Im Laufe eines Kellerlebens – da bin ich mir ziemlich sicher – neigen sie sogar dazu voll zu werden.

In unserer Waschküche im Keller haben sich inzwischen Trommeln für die verschiedenen Wäschesorten, diverse Wäscheständer, Wäschewannen, Waschkörbe usw. angesammelt. Um optimiert den Raum wischen zu können, stelle ich den ganzen Kram dann erst einmal aus dem Weg, sprich: ich stapele die Sachen kunstvoll auf Waschmaschine und Wäschetrockner zu einem mehr oder weniger stabilen Gesamtkunstwerk. Danach wische ich den Boden feucht.

Da der Boden nicht sofort trocken ist, verlasse ich den Kellerraum nach getaner Arbeit und nehme mir vor, das Gesamtkunstwerk in einer Stunde zurück zu bauen, wenn der Kellerboden wieder trocken ist.

Meist kommen dann aber so viele wichtige andere Dinge dazwischen, so dass mir der Rückbau im Keller durch die Lappen geht. Meine Frau nennt das wenig freundlich „Vergesslichkeit".

In der Realität sieht sich dann meine Frau meist am nächsten Tag mit einem wackeligen Berg von Tonnen, Körben und Ständern auf der Waschmaschine konfrontiert, den Sie kaum auflösen kann, da ich mich schon recken musste, um das Kunstwerk aufzubauen. Und das ist dann der Augenblick in dem ich selbst Kilometer entfernt noch den Ruf vernehmen kann: „Das ist ein Scheidungsgrund!"

143. Stehstuhl

Ich bin bequem. Ich liebe es die Füße hoch zu lagern, wenn ich fernsehe. Ich liebe es alles im Sitzen zu machen, was im Sitzen machbar ist. So auch Küchenarbeit.

Als ich mit Anfang 20 aus der Wohnung meiner Eltern ausgezogen bin und mich als männliches Wesen mit Arbeiten wie Spülen – denn ich hatte damals keine Geschirrspülmaschine – oder Kartoffel schälen konfrontiert sah, habe ich schnell gemerkt, dass das Stehen an einer immer zu niedrigen Küchenarbeitsplatte auf Dauer unbequem ist und in den Rücken geht.

Also habe ich mir damals eine sogenannte Bügelhilfe zugelegt. Einen Stuhl in Stehhöhe, mit dem man quasi im Sitzen Bügeln kann. Dieser Stuhl hat nicht nur beim Bügeln Verwendung gefunden, sondern auch sofort Einzug in meine Küche gehalten. Vom Zeitpunkt der Anschaffung an, habe ich dann alle Küchenarbeiten im Sitzen verrichtet. An dieser Stelle ein herzliches Dankeschön an den Erfinder dieses Möbelstücks.

Als ich meine Frau dann kennenlernte, traute sie ihren Augen nicht und hielt das für einen Scherz. Aber mit der Zeit, unserem Zusammenziehen und der Eheschließung erkannte sie aber, dass mir die Küchenarbeit im Sitzen sehr ernst war. Aus der anfänglichen Ungläubigkeit wurde, Verwunderung, aus der Verwunderung Irritation, aus der Irritation Unverständnis und aus dem Unverständnis irgendwann ein Scheidungsgrund.

Sie ist der Meinung, dass wäre völlig überflüssig und übertrieben und ich solle mich nicht so anstellen. Männer stellen sich NIE an!

144. Auszugsautor
Bei uns bin ich für das Finanzielle verantwortlich, d.h. alle Bankgeschäfte sind meine Berufung. Ob es nun der Bausparvertrag ist, der Dispokredit oder auch nur die Zahlung via Überweisung. Nur Kontoauszüge zieht meine Frau am Automaten. Man könnte das als eine Art „Qualitätssicherung" verstehen.

Damit meine Frau diese Qualitätssicherung auch gewissenhaft durchführen kann, versuche ich mich in den Betreffzeilen der Überweisungen auch möglichst klar auszudrücken. So schreibe ich z.B. nicht einfach „Wein" auf die Überweisung, wenn ich meinem Schwiegervater Geld für einen gemeinsamen Weinkauf überweise, sondern etwas mehr. Besonders schön finde ich daher auch die Möglichkeit unserer Hausbank mehrere Betreffzeilen zusätzlich einzufügen. So kann es schon mal sein, dass ich für eine Überweisung einen kompletten Kontoauszug vollgetextet habe.

Während mir dies viel Freude bereitet, findet meine Frau das eher nervig und sie fragt mich dann, ob ich zu viel Zeit hätte, solche Romane zu verfassen. Deshalb versuche ich es also jetzt mit diesem Sachbuch.

145. Gewürzprophylaxe
Ich liebe pikantes Essen. Wer schon mal die Freude hatte, etwas essen zu dürfen, was ich gekocht habe, wird bestimmt zustimmen, dass ich nicht unbedingt flau würze.

Im Umkehrschluss ist mir Vieles auch nicht pikant genug, so dass ich dann gerne zu Salz, Pfeffer, Chili oder anderen Gewürzen greife, um ein wenig nachzuhelfen.

Der Erfahrungsschatz der letzten Jahrzehnte hat mich dann irgendwann veranlasst, pauschal nachzuwürzen; noch ehe ich den ersten Bissen probiert habe. Gut, ich gebe zu, das ist vielleicht ein bisschen „strange".

Meine Frau hatte zwischendurch schon ein paar Mal überlegt, ob Sie mich einmal in eine Falle laufen lassen sollte, in dem sie sehr scharfes Essen kocht, welches ich dann noch nachwürze und anschließend Feuer spucke. Zum Glück ist meine Frau – abgesehen von ihrem Hang zur Scheidung – eine doch recht liebe und sie hat es bisher nicht umgesetzt.

Dafür hat sie mir unmissverständlich klar gemacht, dass ich grundsätzlich immer zu probieren habe, bevor ich nachwürze, sonst könnte ich wieder selber kochen, weil mein Familienstand dann mit „geschieden" zu bezeichnen wäre.

Ich habe mich gebessert. Ich stelle jetzt zumindest einmal immer pauschal die Pfeffermühle auf den Tisch. Benutzt werden die Gewürze aber erst nach dem ersten Bissen. Ich muss auch zugeben, dass ich inzwischen nicht mehr jedes Essen nachwürze.

146. Tanken

Welche Frau tankt gerne ihr Auto? Inzwischen habe ich sehr viele Vertreterinnen der weiblichen Gattung kennen gelernt, die Tankstellen nicht mögen und ihrem männlichen Lebensabschnittsbegleiter das Tanken überlassen. Woran das liegt, kann ich leider nicht erklären.

Ursprünglich dachte ich, es würde sich um einen genetischen Defekt in der Familie meiner Frau handeln, denn meine Schwiegermutter fährt auch nicht gerne zur Tankstelle. Auch sie hetzt ihren Mann dort hin. Da ich aber inzwischen viele Damen kenne, die so agieren, scheint es doch eher evolutionär bedingt zu sein. Das erklärt auch, warum man an immer mehr Tankstellen wieder einen Tankwart-Service sieht.

Wie dem auch sei. Ich habe mich nie wirklich um das Thema Tanken gekümmert. Wenn der Tank fast leer ist oder die Benzinpreise besonders niedrig sind, dann fahre ich eine Tankstelle an und fülle wieder auf.

Inzwischen ist mir aber klar, dass ich auch das Auto meiner Frau im Blick haben muss – selbst wenn ich es nur selten fahre. Wenn dort der Tank leer wird, so muss ich schnell tanken fahren, um die Scheidung zu vermeiden.

Der Vorteil, wenn ich so handele, erschlägt auch gleich zwei Fliegen mit einer Klappe. Denn nicht nur, das Vermeiden der Scheidung ist die Folge, es kommt auch nicht zu den Anrufen, die inhaltlich in etwa so klingen: „Der Tank ist leer!!! Du weißt, dass das ein Scheidungsgrund ist, oder? Ich stehe jetzt hier an der Tankstelle: Was muss denn rein? Diesel, Super E10, Super,..." – Frauen!

147. Heißer Typ

Ich gehöre nicht zur Gruppe der regelmäßigen Saunagänger, aber wenn ich irgendwo die Gelegenheit habe, eine Sauna für mich alleine zu haben, dann genieße ich das schon. Diese Gelegenheiten sind nicht häufig, aber es kommt schon mal vor, dass auf einer Dienstreise eine Sauna im Hotel ist und ich diese dann nutze.

Einmal hatten wir auch das große Glück, in einem gebuchten Ferienhaus über eine eigene Sauna zu verfügen. Die habe ich exzessiv genutzt und war täglich darin. Ebenso habe ich mir alle erdenkliche Mühe gegeben, meine Frau dazu zu überreden, einmal mit mir in die Sauna zu kommen.

Nach mehreren Tagen war es dann endlich so weit. Da sie absolute Anfängerin war, hatte ich die Sauna auf sibirische 60°C eingestellt, sprich gerade so warm, dass man keine Frostbeulen mehr bekommt.

Wir traten dann gemeinsam in den hölzernen Raum ein und ich sah es meiner Frau schon an: Sie war nur mir zu liebe mit hinein gekommen. Sie setzte sich kurz und japste, dass es doch sehr warm sei. Und nach ungefähr 30 Sekunden sprang sie auf, verkündete dass das Mitkommen in eine Sauna ein Scheidungsgrund wäre, ich aber gerne noch drin bleiben dürfte und verschwand wieder.

Damit ist ein für alle Mal geklärt, dass Saunabesuche nur mir alleine vorbehalten sind.

148. Drecksverteilung

Sauberkeit wird in unserem Haushalt groß geschrieben. Meine Frau legt größten Wert darauf, dass es bei uns immer sauber und aufgeräumt ist. Insgesamt begrüße ich das sehr, aber es stellt mich manchmal auch vor Herausforderungen, da ich doch einen leichten Hang zum Chaos habe.

Typische Situationen sind da beispielsweise, dass wir im Aufbruch befindlich sind und ich wieder einmal etwas vergessen habe. Der Klassiker ist mein Portemonnaie. Ich sprinte dann von draußen schnell wieder ins Haus, renne in die erste Etage, in unser Schlafzimmer um es zu holen. Dabei stoppe ich dann aber nicht am Fuße der Treppe, um meine Straßenschuhe auszuziehen, sondern laufe in einem Zug durch.

Oder aber ich bringe etwas nach draußen in den Garten, laufe dabei mit meinen Hausschuhen über die Terrasse und die Wiese, um dann mit kleinen bis mittelgroßen Lehmklumpen an den Schuhen unser Wohnzimmer zu queren. Meist hinterlasse ich dabei dann unübersehbare Wegespuren.

Wie soll ich es sagen? Meine Frau hasst dies. Und ich durfte mir schon mehrfach anhören, dass es ein Scheidungsgrund ist, mit dreckigen Schuhen durchs Haus zu laufen.

Zum Glück kann ich hier auf genetische Defekte verweisen, denn meinem Vater passiert so etwas auch schon mal. Es ist doch gut, wenn man eine Ausrede parat hat.

149. Langsamstarter

Auch wenn meine Frau und ich uns in vielen Einstellungen und im Geschmack sehr ähneln, so weichen wir doch morgens hinsichtlich Dynamik und Einsatzfähigkeit stark voneinander ab.

Ich brauche nach dem Aufstehen immer eine gewisse Zeit, um wieder auf Touren zu kommen. Nicht dass ich ein Morgenmuffel wäre – das nicht – aber ich muss den Tag langsam starten und mich dann steigern.

Das macht sich dadurch bemerkbar, dass ich mich im Bad zum Zähneputzen gemütlich auf die Wanne setze und vor mich hin träume. Ebenso brauche ich unbedingt einen Kaffee und ich lasse mich auf keinen Fall hetzen.

Viele Leute die ich kenne stehen morgens auf und sehen zu, dass sie möglichst schnell das Haus verlassen, um zur Arbeit zu kommen. Das mache ich nicht. Um zu Hause Gemütlichkeit walten zu lassen, mich fertig zu machen und Zeit zum Frühstück zu haben, nehme ich es lieber in Kauf 30 Minuten früher aufzustehen.

Meine Frau – im Gegensatz dazu – springt gerne aus dem Bett und stürzt sich sofort in irgendwelche Aufgaben. Eine Anlaufphase gibt es bei ihr nicht. Das ist dann schon mal ein Punkt, wo ein Wenig Unverständnis herrscht. Meine Langsamkeit am Morgen hat sie auch zu einem Scheidungspunkt erklärt. Aber mittlerweile ist sie zum Glück auch etwas ruhiger geworden und sie hat sich daran gewöhnt, dass man alte Fahrzeuge wie mich erst einmal vorglühen lassen muss, bis sie anspringen.

150. Oh Schreck – ein Fleck

Ich komme von der Arbeit heim und werde mit den Worten begrüßt „ich lass mich scheiden". So ist es schon mal vorgekommen. Was war passiert?

Hatte meine Frau einen noch traumhafteren Mann als mich getroffen – für mich kaum vorstellbar. Nein, es ließ sich auf einen Fettfleck zurückführen.

Sie kennen das doch bestimmt auch: Man isst irgendetwas, z.B. den Klassiker Spaghetti Bolognese und kleckert sich einen Tropfen der Tomatensauce auf das weiße Hemd. So etwas fällt den meisten Menschen dann auch meist direkt auf.

Wenn diese Tomatensauce dann aber nur ein Fettfleck ist und das Hemd farbig, kann es schon einmal vorkommen, dass man selbst einen klitzekleinen, nahezu unsichtbaren, 2-Euro-Stück-kleinen Fettfleck übersieht.

Das Hemd wandert trotzdem im gewohnten Zyklus in die Wäsche, aber der Fettfleck erfährt keine

Sonderbehandlung, sondern überlebt das Waschprogramm trotz aller Sauberkeitsversprechen der führenden Waschmittelproduzenten.

Dankenswerter Weise übernimmt meine Frau das Thema Bügeln bei uns zu Hause. Sie meint, ich wäre zu langsam, nur weil ich pro Hemd ca. 15 Minuten benötige, um es zu glätten.

Jedenfalls fällt meiner Frau dann beim Bügeln dieser hartnäckige Fettfleck ins Auge. Entsprechend „Murphies Law" natürlich auch erst, nachdem das Hemd fast fertig gebügelt ist.

Und genau das ist das Problem: Der potentielle Scheidungsgrund. Nicht, dass ich gekleckert habe, sondern dass es mir nicht aufgefallen ist und nun das Hemd ein zweites Mal – diesmal mit Gallseifenbehandlung – in die Waschmaschine muss und anschließend dann nur noch ein zweites Mal gebügelt werden muss.

Meine Scheidungsgrundvermeidungsstrategie an dieser Stelle ist die, gar nicht mehr zu kleckern. In wie weit das realistisch ist, wird sicherlich jeder der schon mal Spaghetti gegessen hat, einschätzen können.

151. Rituale

Ich gebe ja zu, dass ich manchmal „besonders" bin. Und genau um so eine Besonderheit geht es hier bei mir.

Wenn wir abends ins Bett gehen, ist meine Frau meistens als erstes fertig, da ich noch unten schnell aufräume, mir den Kaffee für den nächsten Morgen vorbereite, ggf. Leergut in den Keller bringe, die Rollos schließe und was man sonst noch so alles macht.

Komme ich dann oben im Bad an, ist meine Frau in der Regel fertig mit dem Zähneputzen und wandert in Richtung Schlafzimmer. Dort komme ich dann meistens wenige Minuten später auch an.

Während sie bereits im Bett liegt und auf mich wartet, schließe ich die Schlafzimmertüre und entledige mich meiner Hose und des Pullis, die beide auf den Stummen Diener wandern. Anschließend wandere ich um das Bett herum, ziehe die Unterwäsche aus und meinen Schlafanzug an.

Die Unterwäsche nehme ich dann, öffne die Schlafzimmertüre wieder und gehe zum Wäschekorb im Flur, wo ich die benutzte Wäsche deponiere. Anschließend gehe ich wieder in Richtung Schlafzimmer, um dieses erneut zu betreten, die Türe zu schließen und dann ins Bett zu gehen.

Der Umstand, dass ich bereits vor dem Ausziehen die Türe zum Flur geschlossen und dort das Licht ausgeschaltet hatte, um dieses dann anschließend wieder rückgängig zu machen, stößt bei meiner Frau auf völliges Unverständnis.

Bei mir sind das aber einfach intuitive Bewegungsabläufe: Beim Verlassen eines Raumes (Flur) ist das Licht zu löschen und die Türe zu schließen. Dieses Subprogramm wird bei mir immer wieder aufgerufen und erfolgreich ausgeführt – ich bin halt Informatiker.

Meine Frau bringt es zur Verzweiflung und sie hat es zu einem Scheidungsgrund erklärt. Ich möge dieses einfache Unterprogramm doch einfach mal innerlich überarbeiten.

152. Meine Daunendecke

Wo wir dann doch schon mal im Schlafzimmer sind, mache ich hier auch direkt weiter. Denn dort liegt der nächste Scheidungsgrund. Er liegt im wahrsten Sinne des Wortes auf unserem Ehebett – auf meiner Betthälfte. Es ist meine Bettdecke (Nicht ich selber, wie man vielleicht denken könnte).

Ich mag es, wenn es im Schlafzimmer schön kühl ist und kuschle mich dann gerne unter meine dicke Daunendecke. Das habe ich ja bereits erwähnt.

Mit diesen dünnen Decken, wie man sie häufig in Hotels findet, kann ich nichts anfangen. Meine Bettdecke muss richtig dick und schwer sein, nur dann fühle ich mich darunter wohl. Traumhaft ist es, wenn man sich auf die Bettdecke fallen lässt, die dann an beiden Seiten nach oben springt und über einem zusammenschlägt.

Ganz so ist meine Bettdecke zwar nicht, aber es ist eine dicke, kuschelige Daunendecke.

Einmal ist es – wahrscheinlich beim neu beziehen des Bettes – passiert, dass meine Frau und ich die Bettdecken vertauscht hatten. Mir kam irgendwas merkwürdig vor, als ich ins Bett ging, konnte es aber nicht wirklich einsortieren, aber meine Frau merkte es sehr schnell: Meine Decke lag auf ihr und war für sie eindeutig zu schwer.

Damit war auch ein für alle Mal geklärt, dass meine Frau nie unter meiner Decke schlafen würde – denn unter so einem schweren Ungetüm zu nächtigen wäre ein weiterer Scheidungsgrund. Das ist aber auch gut so, denn so muss ich meine schöne Daunendecke nicht mit ihr teilen und habe sie ganz für mich alleine.

153. Buffetschlachten

Kennen Sie die Situation auf großen Familienfeiern: Es wird ein runder Geburtstag oder etwas Ähnliches in einem großen Saal gefeiert. Der Caterer baut das Büfett auf und alle warten darauf, dass der Gastgeber endlich seine Rede hält, die dann hoffentlich mit den Worten „Das Büfett ist eröffnet" endet. Sofort springt ein Teil der Leute auf und rennt in Richtung der aufgebauten Speisen – so, als ob eine akute Hungersnot vor der Türe stände.

Ich muss zugeben, auch ich gehörte dieser Gruppe der Gäste an, muss aber zu meiner Verteidigung sagen, dass der einzige Grund, warum ich so handele, folgender ist: Wenn man nicht als erster am Büfett steht, hat sich innerhalb kürzester Zeit eine Schlange aufgebaut, die an Bilder aus der ehemaligen DDR erinnerte, wenn es irgendwo Bananen in einem Laden zu kaufen gab. Und Schlange stehen mag ich nicht so gerne.

Dazu kommt noch, dass es einige Mitmenschen gibt, die es schaffen ein aufgeräumtes Büfett innerhalb kürzester Zeit in ein Schlachtfeld zu verwandeln.

Nach den ersten beiden Familienfesten wurde ich dann durch meine Frau darauf hingewiesen, dass sie mein eiliges Vorpreschen zum Essen nicht sonderlich gut findet und dass ich es doch zukünftig unterlassen möge! Ansonsten könnte es sein, dass ich nicht mehr zu Familienfesten aus ihrem Teil der Familie eingeladen würde – denn warum sollte man ihren „Ex"-mann einladen.

Nun warte ich immer so lange, bis sich die Schlange wieder aufgelöst hat und suche mir dann die übrig gebliebenen Leckereien aus dem hinterlassenen Schlachtfeld heraus – was tut man nicht alles, um die Ehe zu retten.

154. Sparsam ist nicht geizig

Ich habe einen Migrationshintergrund. Meine Eltern stammen aus Ostpreußen und sind Vertriebene. Entsprechend kennen sie aus den Nachkriegsjahren Armut und Notstand. Ein Umstand, der sicherlich ihr Leben geprägt hat.

Wie mein Vater gerne scherzhaft sagt: „Vorsicht, wenn du einem Flüchtling etwas leihst. Denn wenn er den Gegenstand fünf Minuten in der Hand hält, denkt er, er würde ihm gehören und du bekommst ihn nie wieder zurück".

Ernsthaft habe ich bei meinen Eltern Sparsamkeit gelernt, eine Tugend auf die sie wirklich viel Wert gelegt haben und die nun bei mir lustige Stilblüten trägt.

Ich trage gerne normale weiße T-Shirts als Ersatz für Unterhemden unter meinen Hemden. Diese T-Shirts sieht also niemand. Da kommt es hier und da schon einmal vor, dass bei älteren T-Shirts Löcher unter den Armen entstehen. Dies ist für mich aber kein Grund, diese Kleidungsstücke zu entsorgen; denn wie gesagt: Es sieht ja niemand.

Diese Sparsamkeit führt meine Frau zur Verzweiflung und sie führt als Argumente beispielsweise an, dass mir ja etwas passieren könnte und dann ein Rettungssanitäter die kaputten Sachen sehen würde.

Einzig den Grund, dass sie selbst das ja auch ansehen muss, den kann ich noch akzeptieren. Jedenfalls ist das Tragen von zerlöcherten T-Shirts nun auch ein Scheidungsgrund, der aber inzwischen nicht mehr so häufig zum Tragen kommt, da meine Frau beim Wäschemachen schon mal das ein oder andere Kleidungsstück entsorgt, ohne dass ich wirklich davon Kenntnis nehme.

Manchmal glaube ich, dass der T-Shirt-Stapel in meinem Schrankteil stetig (heimlich) sinkt.

155. Verkaufsstories

Verkaufen Sie eigentlich auch immer Sachen, die Sie nicht mehr brauchen in den bekannten Online-Portalen? Wir machen dies.

Manchmal kaufe ich dort auch ein und wundere mich dann sehr über die teilweise sehr rudimentären Verkaufstexte in denen dann beispielsweise steht „ich verkaufe mein Fahrrad".

Viele Leute geben sich kein bisschen Mühe, ihre Artikel zu vermarkten und wundern sich dann, dass sie sie nicht loswerden oder aber zu niedrige Preise erzielen.

Ich versuche das anders zu machen und beschreibe die jeweiligen Artikel, die ich verkaufen möchte recht detailliert. Ob das nachher wirklich ausschlaggebend für den Verkaufserfolg ist, weiß ich nicht, aber ich bilde es mir zumindest ein.

Einmal kam ich dann auf die Idee eine, meiner Meinung nach, lustige Geschichte um den Gegenstand herum zu schreiben: Es ging um einen Kinderwagen. Ich schrieb, dass die Kinder zu groß seien und dass auch ich nicht wirklich eine gute Figur in dem Kinderwagen machen würde. Das kam bei der Dame an meiner Seite aber nicht so gut an. In Ihren erläuternden Worten ging es dann um Peinlichkeit und Scheidung.

156. Parkplatznot

Am liebsten habe ich auf einen Parkplatz, auf dem es nur eine einzige Parklücke gibt. Wenn dort mehrere zur Auswahl stehen, muss man so viele Details beachten: Ist er nahe genug am Eingang? Ist er breit genug? Wie parken die Fahrzeuge rechts und links?

Jedenfalls fällt es mir auf einem leeren Parkplatz schwer, zielstrebig in eine Lücke zu fahren. Es kommt dann manchmal vor, dass ich eine ansteuere und dann einen noch besseren Parkplatz entdecke. Dann ändere ich natürlich sofort meinen Kurs. Entdecke ich aus dieser neuen Perspektive ein weiteres, noch besseres Ziel, so ändere ich natürlich erneut meinen Plan.

Meine Frau findet das ziemlich grausam! Wenn wir zusammen auf einen Parkplatz fahren und sie auf dem Beifahrersitz sitzt und erkennt, dass es eine Vielzahl an möglichen Parklücken gibt, so kann ich schon ein leichtes Stöhnen vernehmen, denn sie weiß, was dann kommt. Oft genug äußert sie Sätze wie „kann denn da nicht nur ein Parkplatz frei sein" oder „oh nein, er hat wieder mehrere Möglichkeiten zur Wahl". Was sie aber eigentlich sagen möchte ist, dass es eigentlich ein Scheidungsgrund ist, mit mir auf einen Parkplatz zu fahren, der mehrere Optionen für uns offen hält.

Dabei bin ich doch einfach nur ein bisschen (zu) perfektionistisch. Es fällt mir nicht schwer, mich zu entscheiden – oh nein – ich finde es so schön mich entscheiden zu dürfen, dass ich mich alleine aus diesem Grunde gerne noch einmal kurzfristig umentscheide.

157. Weckerverlängerung

Wie handhaben Sie es, wenn Sie morgens aufstehen? Springen Sie aus dem Bett? Wie bekannt, mag ich das nicht so sehr.

Früher habe ich gerne den Wecker auf beispielsweise 6:00 Uhr morgens gestellt. Ging das Hölleninstrument dann pünktlich los, bin ich aus dem Bett geklettert und zum Wecker gewankt. Denn: den Wecker hatte ich sicherheitshalber außerhalb der Armreichweite meines Bettes aufgestellt.

Wer jetzt denkt, ich habe ihn dann einfach ausgeschaltet, der liegt falsch. Ich drücke auf die Sleep-Taste und kuschel mich dann anschließend für weitere zehn Minuten in mein Bett, um dann wieder aufzustehen und die Sleep-Taste erneut zu aktivieren.

Dieses Spiel habe ich in meiner „Jugend" gerne von 6:00 Uhr bis 7:30 durchgezogen. Anfangs habe ich es – nicht ganz so exzessiv – auch an der Seite meiner Frau versucht, was aber auf nicht allzu viel Gegenliebe gestoßen ist. Um genau zu sein, es wurde irgendwann auch zu einem Scheidungsgrund erhoben.

Inzwischen zelebriere ich dieses Spielchen nur noch, wenn ich auf Dienstreisen bin. Da ist es für mich ein einmaliger Genuss, das Aufstehen heraus zu zögern und noch ein paar Zusatzminuten im Bett auszukosten.

Dabei achte ich immer peinlichst genau darauf, dass mir aber mindestens noch eine Stunde für ein gemütliches Frühstück bleibt. Insbesondere dann, wenn ich in einem guten Hotel verweile.

158. Kaffee oder Bügeln
Kaffee ist bei mir ein besonderer Genuss. In Grund 113 habe ich ja bereits beschrieben, wie das mit mir und dem kalten Kaffee funktioniert.

Die Kaffeemaschine steht in unserer Küche – wo auch sonst. Dort breitet sich dann auch schon mal meine Frau aus, um meine Hemden zu bügeln, was ja eigentlich eine gute Sache ist. Aber – wie das mit Frauen so ist – sie stellt sich dann immer da hin, wo sie im Weg steht, nämlich direkt vor die Kaffeemaschine.

Wenn ich alles für den nächsten Morgen vorbereiten möchte, muss ich mich an meiner bügelnden Gattin vorbei quetschen, das Wassergefäß holen, Kaffeefilter und Pulver einfüllen, usw. Und das, wo meine Frau mitten im Weg steht.

Aber sie hat da eine differenzierte Wahrnehmung. Sie meint, dass ich mich immer da herum drücken muss, wo sie steht und ihr damit im Wege bin.

Das war dann auch der Grund, warum sie irgendwann klar artikuliert hat, ich möge doch bitte keinen Kaffee kochen, wenn sie gerade bügelt. Alternativ könnten wir uns auch scheiden lassen, dann könne ich jederzeit an die Kaffeemaschine, müsste aber auch meine Hemden selbst bügeln.

Bei diesen Aussichten habe ich mich dann dazu durchringen können, das Befüllen der Kaffeemaschine auf andere Zeitfenster zu verschieben. Schließlich will ich meine Hemden nicht selbst bügeln müssen.

159. Warum kein Traktor

Kennen Sie eBay-Kleinanzeigen? Da findet man immer schöne Dinge. In einem der seltenen Augenblicke absoluter Ruhe, switchte ich am Handy einige Verkaufsangebote durch.

Ich habe nichts Konkretes gesucht, sondern stöberte einfach wahllos herum. Und dann tauchte sie auf – die Anzeige:

Ein Deutz-Traktor aus den 50er Jahren. Gut erhalten, voll fahrtauglich und im Originalzustand. Ein Traum von Trecker. Und das für 3.000 €. Der gefiel mir!

Sofort rief ich meinen Sohn und zeigt ihm den Trecker und fragte, ob wir uns den kaufen sollten. So einen Trecker hätte ich gerne gehabt.

Nicht, dass wir einen landwirtschaftlichen Betrieb oder große Ackerflächen zu bewirtschaften hätten. Das ist nicht der Fall. Unser Grundstück ist auch gerade einmal 300 m² klein, so dass eigentlich unser elektrischer Rasenmäher fast schon „oversized" ist.

Aber ein Traktor fällt ja schließlich nie durch. Es könnte ja mal sein, dass man irgendwo ein Auto aus dem Graben ziehen muss.

Nachdem ich meinen kleinen Sohn fast überzeugt hatte, tauchte meine Frau auf und ich zeigte ihr ganz stolz, was ich gefunden hatte. Ich war der festen Überzeugung, sie würde meine Freude teilen und sofort Feuer und Flamme dafür sein, den Trecker zu kaufen.

Offensichtlich habe ich mich dabei ein klein wenig verschätzt. Sie guckte ich mich ungläubig an, fragte mich, ob ich spinnen würde oder Drogen zu mir genommen hätte. Ich verneint dies und fragte, ob wir den Traktor denn nun kaufen sollten.

„Ja.", sagte sie, „Aber erst, wenn ich mit dem Scheidungsanwalt telefoniert habe." Damit war der Traum dann auch ausgeträumt.

160. Grenzüberschreitung

Wie schlafen Sie? Ich meine, liegen Sie neben Ihrer Frau/Freundin, schmiegen Sie sich an sie? Wollen Sie lieber eine große Lücke? Haben Sie eine Bettdecke, die Sie sich teilen oder braucht jeder seine eigene?

Hier ticken wahrscheinlich alle Paare ein Wenig anders. Bei uns ist es so, dass jeder seine eigene Decke und auch seine eigene Matratze im Bett hat. Die Besucherritze ist also eine Art Trennung während des Schlafes. Dies liegt sicherlich daran, dass wir sehr unterschiedlich sind, was die Schlafangewohnheiten angeht.

Nun packt mich aber nachts im Schlaf schon einmal die Sehnsucht nach meiner Liebsten (auch wenn ich das während des Schlafens nicht registriere) und so rücke ich dann langsam näher an den Grenzbereich, um diesen dann in einem geeigneten Augenblick zu überschreiten. Mit anderen Worten, ich belagere das Hoheitsgebiet meiner Ehefrau.

So lange sie dabei weiterschläft und nicht aufwacht, ist alles im grünen Bereich. Wacht sie allerdings auf, werde ich unsanft gerüttelt und daran erinnert, dass ich eine eigene Matratze habe und diese bitte auch nutzen möge. Weitere Grenzverletzungen werden dann zu einem Scheidungsgrund erklärt.

Macken meiner Frau: 8 von 10

Meine Frau als geduldig zu bezeichnen wäre sehr vermessen. Sie gehört – wie die meisten Frauen, die ich kenne – zur Gattung der ungeduldigen Wesen. Generell habe ich da die weiblichen Gene im Verdacht....

Leider hat das auch gravierende Auswirkungen auf den Alltag. So kommt es immer wieder zur Verkettung von unterschiedlichen mir zugewiesenen Aufgaben, die alle eines gemein haben: Sie sind wichtig. Was heißt das in der Praxis?

Meine Frau bittet mich Aufgabe A (mal eben) zu erledigen und während ich noch dran bin, kommt ein „Kannst Du bitte gerade erst B machen, das ist wichtiger", kurze Zeit später gefolgt von den Aufgaben C und D und der Frage warum ich denn A noch nicht erledigt hätte. Das sind dann die Augenblicke, wo ich genau weiß, dass die logische Erklärung jetzt keinen Sinn hat, denn die Aufgaben sind so wichtig, dass keine Zeit für Erklärungen bleibt.

Als IT-ler fühle ich mich da wie ein Prozessor in einem Rechner, der im Zeitscheibenmultitasking immer nur Bruchteile einer Arbeit erledigt, um anschließend zum nächsten, übernächsten, überübernächsten und zurück zum ersten Task zu springen.

Leider ist meine Taktfrequenz nicht hoch genug, folglich werden die einzelnen Aufgaben nie fertig.

161. Stoar blierba

Von der Nordsee in die Berge. Vor einigen Jahren haben wir mal ein Experiment gewagt. Wir sind zusammen mit der Schwester meiner Frau und deren Mann an den Bodensee gefahren. Kenner werden jetzt sagen: „Am Bodensee sind doch keine echten

Berge", aber für uns Flachland-Tiroler war das schon eine echte Höhe.

Um allen Touristen-Vorurteilen gerecht zu werden, haben wir dann auch eine Bergwanderung unternommen. Unser Geschnaufe war sicherlich noch in 100 km Entfernung zu hören. Aber wir haben tapfer durchgehalten.

Irgendwo unterwegs trafen wir dann eine andere Wandergruppe; offensichtlich Einheimische, denn sie redeten in einem nahezu unverständlichen Dialekt und waren auch sichtlich fitter als wir. In der Gruppe waren unter anderem auch zwei Kinder. Diese versuchten, Kontakt zu einer anderen Gruppe von Wanderern aufzunehmen, welche aber schon ein sehr gutes Stück weiter gekommen war.

Wie es nun genau dazu gekommen ist, weiß ich nicht mehr, aber es lief darauf hinaus, dass wir helfen sollten, laut zu rufen, damit die vorangegangenen stehen bleiben. Und so holten meine Schwägerin, mein Schwager und ich tief Luft, um genau das zu rufen, was uns die Kinder geheißen hatten: „Opa! Stoar blierba!!" Wenn wir das richtig interpretiert haben, sollte dies wohl in etwa „lieber Opa, bleib doch bitte stehen" heißen.

Unser Ruf war sehr laut! Er schallte von allen Ecken und Enden wider. Und wir erreichten unser Ziel. Der Opa blieb stehen.

Aber meine Frau konnte unsere Freude über unseren Erfolgt nicht nachempfinden. Ihr war die Situation – oder unser falscher Dialekt – ein wenig peinlich und sie erlitt eine Fremdschämattacke, die sich in einem „Das ist definitiv ein Scheidungsgrund" entlud.

162. Geburtstagsständchen

Wir haben in unserem Heimatort ein chinesisches Restaurant, wo es nicht nur sehr gut schmeckt, sondern wir auch persönlich bekannt sind. Nicht, dass wir da so häufig essen gehen würden – ich glaube es liegt einfach daran, dass wir so nett und liebenswürdig sind – woran denn sonst?!

Dort treffen wir uns dann auch gelegentlich mit Freunden oder Verwandten. Bei einem dieser kleinen gemeinsamen Abendessen saßen wir mit dem Cousin meiner Frau und dessen Gattin am Tisch. Wir beiden Männer waren gefühlt beim fünften Teller des leckeren Buffets (all you can eat), als ein paar Tische weiter ein leises und zögerliches „happy birthday" erklang.

Das ist dann etwas wo ich vielleicht einen Ansatz von Fremdschämen empfinde. Nicht wegen des Gesangs an sich, sondern, weil es so peinlich leise und zögerlich war.

Ich guckte also den Cousin meiner Frau an und fragte: „Sollen wir mal mithelfen? Das geht ja gar nicht!", als von der anderen Seite des Tisches – der weiblichen Seite – die Stimme meiner Frau erklang. Es waren die Worte „Wag Dich!!! Das ist ein Scheidungsgrund!!!". Daraufhin verschlucke sich ihr Cousin erst einmal und die Situation war Vergangenheit, eh wir in den Gesang mit einsteigen konnten. Schade.

163. Optimistischer Optimist

Es gibt doch diesen Sinnspruch „Das Glas ist halbvoll / halbleer" über den (laut Wikipedia) sogar Bücher geschrieben worden sind. Also muss ich diesem Satz hier wohl auch ein Kapitel widmen, das Kapitel über den 163. Scheidungsgrund.

Auch wenn meine Frau und ich in vielen Dingen sehr ähnlich ticken, so haben wir doch zwei total konträre Lebensgrundhaltungen. Sie ist der Pessimist und ich bin der Optimist.

Wenn es nach meiner Frau ginge, wäre die Welt schon x-mal untergegangen, unser Haus zusammen gebrochen, ich beim Segeln ertrunken, unsere Kinder beim Spielen mit mir verstorben, ...

Ich dagegen glaube immer an ein gutes Ende und bin zutiefst davon überzeugt dass alles gut wird. Eine Einstellung mit der meine Frau nicht wirklich gut zurechtkommt. Ich dagegen nehme ihre Einstellung als gegeben hin und glaube, dass auch sie irgendwann zu überzeugen ist, dass das Glas halb voll sei.

Ich kann mich jetzt ehrlich gesagt nicht mehr an den konkreten Vorfall erinnern, aber wir waren im Gespräch über irgendeinen Sachverhalt bei dem ich davon ausging, dass er sich problemlos auflösen wird und meine Frau dachte es würde in einer Katastrophe enden. Unsere Diskussion glitt auf die philosophische Frage ab, ob das Glas nun halbleer oder halbvoll sei.

Ich vertrat meine Meinung mit entsprechender Vehemenz und meine Frau entgegnete dann irgendwann, dass mein Optimismus einfach unerträglich sei. Dieses „immer an das Gute glauben" sei ein Scheidungsgrund.

Übrigens... als wir irgendwann mal den wirklich merkwürdigen Fall erlebten, dass meine Frau an einen guten Ausgang glaubte und ich der Pessimist war, da konnte sie damit überhaupt nicht umgehen. Sie war völlig perplex.

Aber es ging bisher in allen Fällen gut aus. Entsprechend der erlebten Vorkommnisse und meiner Lebenserfahrung kann ich damit hier für alle bestätigen: Das Glas ist halbvoll! Jawohl!

164. Gangschaltungsexzess

Automatik oder Handschaltung? Diese Frage stellt sich mir gar nicht. Ich bin ein Verfechter der normalen Handschaltung, wenn es ums Autofahren geht. Mit meinem Chef hatte ich auch schon einige Diskussionen über dieses Thema.

Nicht, dass ich glauben würde besser, schneller, genauer oder spritsparender schalten zu können als ein Automatikgetriebe. Nein, es ist vielmehr so, dass das Rühren am Schaltknauf für mich fest zum Autofahren dazu gehört.

Entsprechend extensiv nutze ich auch die Gangschaltung, wenn ich fahre. Ich schalte dauernd rauf oder runter. Als meine Frau mich damals kennenlernte, sagte sie einmal, dass sie noch niemanden gesehen hat, der so viel schalten würde, wie ich.

Daran hat sich bis heute nicht viel geändert, allerdings ist die Verwunderung über Unverständnis nun bis zu einem Scheidungsgrund angewachsen.

Vielleicht sollte ich im Rahmen der Risikominimierung doch noch einmal über ein Automatikgetriebe nachdenken... Nein!

165. Wo ist die Zitrone hin

Kennen Sie die kleinen Plastik-Fläschchen, die aussehen, wie eine billige Nachahmung einer Zitrone und entsprechend Zitronensäure beinhalten? Ich hole sie mir immer im Supermarkt, um mir ein paar Spritzer Zitronensaft ins Mineralwasser zu geben. Entsprechend gehe ich immer davon aus, der alleinige Nutzer dieses Zitronenextraktes in unserem Haushalt zu sein. Eine Fehleinschätzung, wie ich heute weiß.

Eines Tages gab ich wieder ein paar Spritzer in mein Wasserglas und realisierte dann, dass es die letzten Tröpfchen gewesen waren. Also schrieb ich direkt die "Plastikzitrone" auf den Einkaufszettel; ein Begriff der sich bei uns für diese Zutat eingebürgert hatte.

Ungefähr eine Stunde später kam meine Frau dann auf die Idee einen Kuchen backen zu wollen und machte sich ans Werk. Um nicht im Wege zu stehen - oder womöglich helfen zu müssen - verzog ich mich in einen anderen Bereich der Wohnung.

Eine gute Weile später erschallte dann der Ruf aus der Küche: "wo ist die Plastikzitrone?". Wahrheitsgemäß beantwortete ich die Frage. So im Nachhinein würde ich sagen, dass eine Notlüge hier vielleicht klüger gewesen wäre.

Jedenfalls musste ich mich rechtfertigen, wieso ich denn die Zitrone verbraucht hätte. Und nach ca. fünf Minuten intensiver Informationsflut meiner Frau – ich will ja jetzt in der Öffentlichkeit des Buches nicht von einer Standpauke reden – kam dann die wichtige und abschließende Aussage:

Wenn ich noch einmal die Plastikzitrone leeren würde, ohne dass im Vorratsraum eine neue steht, dann wäre das ein Scheidungsgrund.

166. SMS-Spamming

Was für uns seit Anfang unserer Beziehung klar war, ist, das wir auch unabhängig voneinander Urlaube verbringen können. So haben wir auch schon in den ersten Jahren jeweils einmal im Jahr etwas alleine gemacht. In der Regel ist meine Frau mit einer guten Freundin in Urlaub geflogen und ich habe dann im Gegenzug einen Chartertörn gemacht.

So hatte jeder von uns eine Zeit ganz für sich. Eine Auszeit, die – so sind wir uns einig – jeder auch ab und zu einmal braucht. Das Schöne ist aber auch, dass man sich danach freut, wenn man sich wieder sieht.

Im ersten Urlaub habe ich dann allerdings einen ganz gravierenden Fehler begangen. Nein, ich habe mir keine Urlaubsbekanntschaft angelacht... ging gar nicht, denn mein Schwiegerpapa war mit von der Partie; ich musste mich also benehmen.

Was ich falsch gemacht habe ist ganz einfach: Ich habe mich sehr oft gemeldet und Infos per SMS geschickt, was ich gerade mache, wo ich gerade bin oder wie die Tagespläne aussehen.

Nach dem Urlaub bekam ich dann zu hören, dass ich ja nicht alleine fahren müsse, wenn ich dauernd SMS schicke. Wenn ich weg bin, möge ich bitte auch weg sein. Ein kurzer Anruf am Abend oder eine einzige SMS, das reicht.

Alles andere wäre ein Scheidungsgrund. Und so handhaben wir das seit diesem Urlaub. Wer weg ist, meldet sich einmal am Tag und damit ist es genug. Das gilt auch, wenn ich auf einer Dienstreise bin.

167. Wozu war da noch der Tiefkühlschrank
Bevor wir Kinder hatten, war ich meist derjenige der gekocht hat. Irgendwie hatte es sich dadurch ergeben, dass ich schon alleine gewohnt hatte und meine Exfreundin und Jetzt-Ehefrau zu mir zog.

Bis dahin musste ich ja auch alleine dafür sorgen, dass ich nicht verhungere und so blieb ich dann beim Kochen. Warum sollte ich das auch ändern, nur weil dann plötzlich eine Frau im Haus war?

Ich muss auch zugeben, dass ich gerne gekocht habe und man es meistens essen konnte.

Seit meine Frau dann wegen der Kinder zu Hause blieb hat sie die Aufgabe übernommen. Sie sagt zwar immer von sich, dass sie nicht kocht, sondern nur Essen zubereitet. Mir schmeckt es aber trotzdem sehr gut. Wenn ich an dieser Stelle etwas anderes schreiben würde, wäre es wahrscheinlich der 223. Scheidungsgrund, der tatsächlich zu einer Trennung der Beziehung führen würde.

Was sie immer als Problem angibt – und ich von früher kenne – ist die Festlegung, was man denn kochen solle. So steht meine Frau abends schon mal gerne vor mir und stellt mir die Frage: Was soll ich morgen kochen?

Eine meiner Standard-Antworten ist dann, dass wir ja auch etwas auftauen könnten. Und das ist ein Scheidungsgrund.

Warum, verstehe ich bis heute nicht, denn: Wenn wir zu viel zu Essen haben, frieren wir gerne eine Portion ein. Dazu kommen dann schon mal Essen, die man wegen des Aufwandes sowieso in größerer Menge macht. Die wandern dann auch in die Truhe.

Und so kommt es, dass unser Vorrat im Eisfach wächst und wächst... denn Auftauen möchte meine Frau ungern. Muss man dieses weibliche Geschlecht verstehen?

Wir schmeißen regelmäßig Malzeiten weg, weil sie zwei Jahre in der Truhe schlummern. Man(n) hätte sie auch auftauen können.

168. Ihr Hoheitsgebiet
Wer macht denn bei Ihnen die Wäsche? Bei uns gibt es da eine klare Aufgabentrennung und der Bereich Wäsche gehört (klassisch) halt zum Aufgabenbereich meiner Frau. Es ist aber gar nicht so, dass ich machohaft nicht damit in Berührung kommen möchte. Ich darf einfach nicht.

Folgendes ist mir nämlich schon mehrfach widerfahren. Ich hörte die Waschmaschine im Keller schleudern und kurz darauf verstummen. Als guter Ehemann schlenderte ich darauf hin in den Keller, räumte die Waschmaschine aus und hängte die Wäsche auf.

Dabei ging ich dann auch ganz logisch vor: Ich nahm Kleidungsstück für Kleidungsstück aus der Maschine und hing es auf die Leinen. Sprich, so wie die Klamotten aus der Maschine kamen hingen sie dann auch.

Und genau dies war offensichtlich der Fehler. Denn ich musste dazu lernen, dass man Unterhosen zu Unterhosen, Schlafanzüge zu Schlafanzügen, usw. hängt. Und noch wichtiger ist es das alle Kleidungsstücke gleich ausgerichtet sind, d.h. wenn bei einem T-Shirt die bedruckte Seite zu mir zeigte, musste dies für alle T-Shirts gelten.

Um ehrlich zu sein, ich bin mir nicht mehr ganz sicher, es gab auch eine Vorgabe meiner Frau, was nach vorne gehört und was nicht. Aber ich habe das Thema verdrängt, ich traue mich nicht mehr an die Wäsche. Das Originalzitat lautete in etwa wie folgt:

„Lass die Finger von meiner Wäsche. Wenn Du die Wäsche noch einmal aufhängst, ist das ein Scheidungsgrund. Du machst es mir nicht ordentlich genug."

Aber mal ehrlich: Was will Mann mehr? Ich darf keine Wäsche mehr aufhängen. Ich meine es gibt Schlimmeres im Leben eines Mannes.

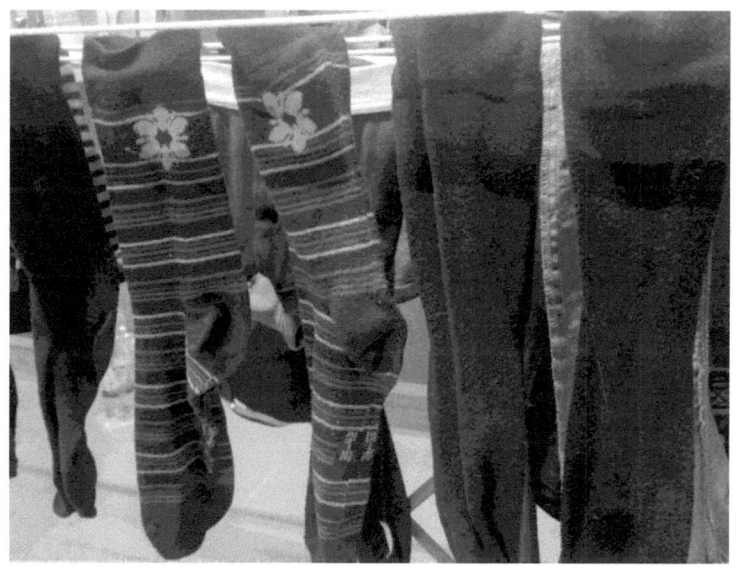

169. Jeder Krümel ist mir

Ich esse für mein Leben gerne Chips und ich esse sie so gerne, dass ich meistens darauf verzichte, sie in eine Schüssel umzufüllen. Schließlich muss man ja nicht mehr Geschirr als nötig dreckig machen und man kann die Chips auch gut aus der Tüte essen.

Zum Schluss verbleiben ja dann immer kleine Krümelchen in der Tüte, diese wegzuschmeißen wäre eine Sünde. So setze ich dann zum Ende die Tüte an den Mund, um die Krümel in den selbigen zu entleeren.

Eindeutig ein Scheidungsgrund. Soll ich die echt verschenken?

170. Zu ehrlich

Ein anderer schöner Scheidungsgrund ergab sich durch meine Ehrlichkeit, bzw. der Mischung aus dem Versuch witzig zu sein und einen Hauch von Ehrlichkeit einfließen zu lassen.

Wir bekamen eine Postkarte von entfernten Bekannten, die sich mal wieder mit uns treffen wollten. Leider hatte der weibliche Teil des Pärchens die Karte geschrieben und sie hat eine Sauklaue. Ich habe gut fünf Minuten gebraucht, um die Postkarte zu entziffern und zu verstehen. Jedenfalls sollten wir uns bei ihr melden, was ich dann irgendwie verdrängt hatte.

Circa zwei Wochen später fiel es mir wieder ein und ich sagte zu meiner Frau, dass ich anrufe um einen Termin für ein Treffen ausmachen. Ich hatte vor, auf die Nachfrage, warum es so lange gedauert hätte, einfach zu sagen, dass ich bis jetzt zum Entziffern der Sauklaue benötigt hätte.

Meine Frau machte mir aber unmissverständlich deutlich, dass sie das nicht besonders witzig fände, wenn ich das sagen würde....Scheidungsgrund!

171. Nachrichtenunterbrechung
Eigentlich ist ja meine Frau diejenige, die immer redet. Wenn ich „immer" sage, meine ich auch „immer". Wobei ich zugeben muss, dass dies sicherlich genetisch bedingt ist, denn dieses Rede-Phänomen gibt es in ihrer kompletten Familie. Wer in diese Familie neu hineinkommt, der kommt erst einmal nicht zu Wort.

So ist es dann auch im Auto. Und dann kommt es plötzlich zu einer Redepause und ich nutze die Gelegenheit etwas zu sagen. Und genau da liegt der Fehler, denn im Hintergrund beginnen gerade die Nachrichten im Autoradio und meine Frau beschwert sich postwendend, dass ich immer während der Nachrichten quatsche.

Ermahnung → sonst Scheidung!

172. Hobbyüberfluss
Ich müsste schon geschieden sein, denn dieser Scheidungsgrund existiert eigentlich schon immer und wird sich sicherlich auch nicht ändern.

Als Einzelkind bin ich es von je her gewohnt, mich immer selbst zu beschäftigen und kenne daher das Wort Langeweile eigentlich gar nicht. Immer finde ich etwas, was ich tun kann. Sei es nun ein Buch über die Scheidungsgründe meiner Frau zu schreiben, Fachartikel über irgendwelche Themen zu veröffentlichen, nebenbei ein bisschen zu studieren, Flaschenschiffe zu bauen oder oder oder...

Meine Frau sagt mir oft, dass ich wohl ein Workoholic bin und mich mal ein Wenig schonen sollte, damit ich nicht irgendwann einen Herzinfarkt bekäme. Aber Schonen ist nicht so wirklich mein

Ding. Es gibt so viele Sachen, die ich gerne noch umsetzen möchte.

Als wir eines Tages wieder über mein Tagespensum an Arbeit redeten, erwähnte Sie sogar – man höre und staune – dass sie vielleicht sogar ihre Entscheidung bezüglich einer Promotion überdenken würde, wenn ich mich endlich mal von einigen anderen Hobbies trennen würde.

Ich glaube ja, sie macht sich nur Sorgen um mich und will das kleinere Übel akzeptieren. Insgesamt ist aber ganz klar geworden, dass die Anzahl meiner Hobbies der potentielle Scheidungsgrund sind. Also muss ich nun ganz schnell dieses Buch zu Ende schreiben, damit eines der Hobbies beendet ist.

173. Schlaglochtreffer

Meine Frau ist eine grausame Beifahrerin. Sie bremst mit, sie mischt sich gerne ein und schimpft über meinen Fahrstil. Das musste hier einmal so deutlich gesagt werden.

Und dann gibt es da einen ganz besonderen Punkt oder besser gesagt einen Ort auf dem Weg zwischen meinen Schwiegereltern und mir.

Von meinen Schwiegereltern kommend macht die enge Dorfstraße einen Linksbogen und ist nicht gut einsehbar. Außer mir – selbstverständlich – hält sich dort niemand an die vorgeschriebenen 30 km/h, weswegen ich mich immer möglichst weit rechts halte.

Nun muss man wissen, dass die Stadt in der meine Schwiegereltern (und auch wir) wohnen, zu den meist verschuldetsten Städten der Bundesrepublik zählt. Das heißt, die Beseitigung von Straßenschäden steht nicht ganz oben auf der Prioritätenliste und so befindet sich in der besagten Kurve am Straßenrand ein sehr tiefes und großes Schlagloch. Kleine Tiere und Kinder kommen ohne Leiter kaum noch heraus.

Da ich so weit rechts fahre erwische ich dieses Schlagloch auch mit einer gewissen Regelmäßigkeit, so dass meine Frau fast aus dem Beifahrersitz geschleudert wird.

Und entsprechend ist dann auch ihre Reaktion darüber, dass ich dieses Loch wiederholt mitnehme.

Wer jetzt glaubt, dieser Scheidungsgrund wäre mit Übertreibungen übersät, der soll einfach mal selbst diesen Weg langfahren und meine Frau mitnehmen.

174./175./176. Abwasch-Dreiklang

Trilogien kommen beim Publikum immer wieder gut an. Man vergleiche einfach „Star Wars" oder „Indiana Jones". Also sollte auch dieses Buch eine Scheidungsgrund-Trilogie beinhalten und hier ist sie:

Es ist die Trilogie des Abwasches in unserem Haushalt. Für den händischen Abwasch haben wir eine klare Gewaltenteilung, die besagt, dass meine Frau abwäscht und ich abtrockne. Und dabei gibt es drei absolut tödliche Fehler die passieren können, wobei hier das Wort „tödlich" auch mit „scheidungsrelevat" gleichzusetzen wäre.

Ich bemühe mich immer, mit meiner Frau Schritt zu halten, das heißt mit dem Abtrocknen genauso schnell zu sein, wie sie mit dem Abwasch. Jeder Mann der schon einmal in der gleichen Situation war, weiß, dass dies ein hoffnungsloses Unterfangen ist.

Wenn ich es dann doch einmal schaffe den Anschluss zu behalten und meiner Frau die frisch gespülten Geschirrteile direkt aus der Hand nehme, befinde ich mich auf der Tellermine, denn damit setze ich sie ja unter Stress und außerdem ist das entsprechende Geschirrstück dann auch noch triefend nass. Scheidungsgrund Nummer eins der Trilogie!

Also ist sicherlich besser – so könnte man denken – in einem normalen Tempo abzutrocknen. Das führt dann je nach Abwaschmenge zu einem wachsenden Geschirrhaufen, der zum Abtrocknen bereit ist. Hier schlägt dann der Grund Nummer zwei der Trilogie zu: Zu langsames Abtrocknen.

Und um noch einen drauf zu setzen: Man kann nicht immer den Stapel von oben abräumen, denn dann werden die Sachen, die als erstes abgewaschen wurden und somit im Stapel ganz unten liegen eventuell schmierig. Das Nichteinhalten einer bestimmten Reihenfolge ist somit der dritte Grund in dieser Serie.

Ja, man könnte sicherlich eine Diplomarbeit darüber schreiben, welche Reihenfolge unter Berücksichtigung der unterschiedlichen Geschirrmaterialien (Glas vor Metall, Metall vor Porzellan) und des daraus resultierenden Geschirrrückstaus am sinnvollsten ist. Vielleicht ist das ja eine Idee für ein weiteres Buch.

177. Spielen ist Spielen
Für einen Papa gibt es kaum was Schöneres als mit seinen Kindern zu spielen. Endlich hat man eine Ausrede, warum man im hohen Alter noch mal mit Lego oder der Modelleisenbahn spielen muss. Ich glaube Frauen verstehen das einfach nicht.

Ich freue mich jedenfalls auch immer, wenn ich dies tun kann und stehe dazu. Am liebsten ist es mir ja, wenn ich mit den Kindern allein zu Hause bin. Dann räumen wir alles raus und spielen mit vielen Dingen abwechselnd oder auch gleichzeitig.

Was dabei allerdings wohl irgendwie leidet, ist die Erziehung. So wie sich meine Frau ausdrückt, mache ich die ganze Erziehungsarbeit von Wochen kaputt, in denen meine Frau versucht den Kindern beizubringen, dass man erst eine Sache wegräumen muss, bevor man die nächste Sache auspackt und damit anfängt zu spielen.

Aber mal ehrlich: Ist das nicht spießig? Es macht doch viel mehr Spaß, wenn das Zimmer einem Schlachtfeld gleicht und man eigentlich nicht mehr treten kann, weil dort so viele Sachen liegen.

Nicht, dass ich das dann abends so lassen würde, nein. Dann mache ich den Kindern schon klar, dass man alles wieder wegräumen muss, aber tagsüber stehe ich zum Spielzeug-Chaos. Schließlich war auch ich mal klein (und niedlich).

Einmal kam meine Frau unerwartet früher heim, bevor wir das Spielzeugchaos beseitigt hatten und zuckte beim Anblick des Wohnzimmers zusammen. Hier ein kleiner Auszug der Sätze, die die Kinder und ich hören durften:

„Wie sieht es denn hier aus?!" „Seid Ihr wahnsinnig?" „Wieso sind denn alle Spielsachen draußen" „Man(n) räumt doch eins weg, bevor man das

Nächste auspackt." „Das ist ja ein Chaos" „Wann wolltet Ihr das denn mal aufräumen" „Den Papa kann man mit Euch auch nicht alleine lassen" „Das ist ein Scheidungsgrund!"

178. Tapete

Ein völlig banaler Grund in meinen Augen hat sich beim Spielen mit meinem Sohn ergeben.

Wir hatten sein Zimmer erst kürzlich renoviert. In dieser Renovierung musste die alte grüne Tapete gegen eine moderne weiße weichen, so dass das Zimmer nun sehr hell und freundlich wirkt.

Jedenfalls saß ich eines Tages in diesem Zimmer und spielte mit meinem Sohn auf der Erde. Irgendwann wurde mir das Knien und im Schneidersitz hocken zu unbequem, so dass ich mich gemütlich an die Wand lehnte und meine Füße ausstreckte. Dies war dann auch der Augenblick, als meine Frau den Kopf herein streckte und mich sitzen sah.

Sie machte mir unverzüglich klar, dass ich mich doch bitte nicht an die Tapete lehnen möge, da diese sonst dreckig werden könnte – als ob ich dreckige Kleidung anhätte. Also argumentierte ich dagegen, was dann darin gipfelte, dass das Anlehnen in Verbindung mit dem Verdrecken der Tapete ein Scheidungsgrund wäre.

Vielleicht hat sie ja nicht ganz unrecht... aber schließlich war auch ich es, der das Zimmer tapeziert hat, also habe ich doch auch das Recht die Tapete wieder zu verdrecken, oder?

179. Ins Bett fallen – ist nicht
Aus dem vorhergehenden Grund kann man schon ableiten, dass meiner Frau Sauberkeit sehr wichtig ist. Das ist eigentlich auch sehr schön, denn es führt dazu, dass es bei uns zu Hause immer ordentlich aussieht.

Um meinen Cousin einmal zu zitieren: „Kocht Ihr in der Küche auch, oder ist das reine Show?". Direkt nach dem Kochen wird bei uns die Arbeitsfläche aufgeräumt und sauber gemacht. Es sieht eigentlich immer pikobello aus.

Aber an der einen oder anderen Stelle ist diese Eigenschaft schon ein bisschen störend, wie ich finde. Ein schönes Beispiel hierfür ist das Schlafmöbel.

Unser Bett ist immer ordentlich zurecht gemacht. Eines Tages kam ich mal völlig erschöpft heim und ging ins Schlafzimmer, um mich umzuziehen. Bevor ich damit aber begann, warf ich mich rücklings auf das Bett, um ein paar Sekunden zu entspannen und durchzuatmen; einfach mal relaxen!

Da meine Frau auch im Zimmer war wurde dies mit der Frage quittiert, was ich denn da mache. Wieso ich mich mit Klamotten ins Bett schmeiße, das würde man nicht machen. Schließlich könnten die Sachen ja dreckig sein und dreckige Sachen hätten nichts im Bett zu suchen.

Mir wurde für einen Wiederholungsfall selbstverständlich auch prompt die Scheidung angedroht.

180. Fernsehschlager

Das mein Mitsingen von Liedern nicht wirklich gewünscht ist, wenn wir irgendwo in der Öffentlichkeit sind, das war mir schon seit Längerem klar. Habe ich ja auch schon einmal erwähnt. Allerdings musste ich inzwischen auch dazulernen.

Es liegt wohl nicht am Peinlichkeitsfaktor, sondern eher an meinen Gesangskünsten an sich. Und das, wo ich eigentlich der Meinung bin, gut singen zu können. (Anmerkung in eigener Sache: Liest dieses Buch vielleicht ein Produzent? Hallo? Entdeckt mich jemand?)

Wie dem auch sei. Jedenfalls saßen wir letztens abends gemütlich vor dem Fernseher und in irgendeinem alten Spielfilm startete ein alter Schlager, worauf ich sofort einfiel und mitsang. Neben mir erschallte dann unmittelbar die Stimme meiner Frau mit einem Satz der ähnlich wie „hör sofort auf!" klang.

Sie wollte den Film nicht durch mich verdorben haben und mein Gesang würde genau das erreichen. Somit hat sich das Thema dann für die Zukunft auch erledigt.

Macken meiner Frau: 9 von 10
Die Sache mit dem Hausschlüssel. Eigentlich ist es ja völlig übertrieben wenn wir zu zweit weggehen, dass wir beide dann jeweils einen Hausschlüssel mitnehmen. Schließlich passt nur einer gleichzeitig ins Türschloss.

Dieser Logik kann ich mich sogar unter Umständen noch anschließen, aber der Gedanke, dass man auch keinen Schlüssel mitnehmen muss, wenn der Partner zu Hause ist, der ist mir suspekt. Schließlich könnte die vermeintlich zu Hause befindliche Person ja plötzlich doch weg müssen, gerade auf der Toilette sitzen oder aber schlafen, wenn der andere wieder zurück ins Haus möchte.

Ich glaube, all diese Varianten haben wir in der Praxis schon ausprobiert. Dass es sich bei der Person ohne den Schlüssel um meine Frau handelt, muss ich wohl nicht extra erwähnen.

Gut, man kann dem ganzen auch etwas Positives abgewinnen, wenn man wie ich bemüht ist, immer positiv zu denken.

Bin ich gerade im Büro, muss ich im Dauerlauf zwei Stockwerke überwinden, um meiner Frau die Haustüre zu öffnen. Das hat sicherlich einen sehr guten Nebeneffekt auf meine Figur und Fitness.

181. Zu voll

Kennen Sie das? Sie haben Hunger und müssen dann einkaufen gehen. Die Folge ist, es sammeln sich deutlich mehr Lebensmittel im Einkaufswagen, als sie eigentlich benötigen.

So etwas kommt bei mir von Zeit zu Zeit vor, mit der Konsequenz, dass der Kühlschrank zu Hause schön voll wird. Einen Zustand, den ich persönlich sehr schätze. Ich mag es, die Türe öffnen zu können und eine große Auswahl vorzufinden.

Anders bei meiner Frau. Wenn der Kühlschrank voll ist, ist es ihr viel zu viel. Sie verliert den Überblick und das mag sie gar nicht. Wahrscheinlich wäre es ihr recht, wenn der Kühlschrank wie in manchen Filmen aussieht: Man macht ihn auf und sieht nur einen Joghurt und eine Flasche Mineralwasser.

Wir haben hier also eine sehr unterschiedliche Einstellung. Ein voller Kühlschrank ist aus der Sicht meiner Gattin ein Scheidungsgrund und ein ganz besonderer noch dazu, wenn ich den Kühlschrank eingeräumt habe und dabei nicht die sorgsame Trennung von unterschiedlichen Lebensmitteln in die verschiedenen von ihr dafür vorgesehenen Fächer beachtet habe.

182. Chauvi

Zu Hause ist meine Frau der Chef. Ja, ich stehe nicht nur unter dem Pantoffel, ich stehe direkt unter einem ganzen Schuhschrank.

Auch, wenn so die Situation ist, dieses öffentlich kundzutun ist ein Scheidungsgrund. Dabei ist das doch völlig normal. Welche Frau hat zu Hause nicht die Hosen an und bestimmt wo es lang geht? Die Zeiten der Machos sind inzwischen vorbei und eigentlich müsste sich Mann langsam um die Emanzipierung kümmern.

Jeder der mich kennt, weiß, wie ich solche Sprüche meine und, dass es nicht ganz mein ernst ist, aber es macht doch immer wieder Spaß so etwas zu behaupten.

Leider mag meine Frau diese Sprüche nicht wirklich. Sie macht sich immer – meiner Meinung nach zu Unrecht – die Sorge, dass es jemand glauben würde.

Um das hier noch einmal für alle Leserinnen und Leser klar zu stellen. Bei uns zu Hause herrscht Demokratie. Wir besprechen alles gemeinsam und entscheiden dann. Die Stimme meiner Frau hat 80% und meine 20% Gewicht.

183. Immer wieder in den Keller

Bleiben wir doch beim Thema Pantoffel. Außer dem Pantoffel unter dem ich stehe, stehen bei uns meistens noch recht viele andere Schuhe herum. Die meisten davon im Weg, im viel zu kleinen Flur.

Eigentlich müsste man jetzt annehmen, dass es von der Verteilung so aussieht, dass die meisten Schuhe meiner Frau zugeordnet werden können. Schließlich gibt es ja Klischees, die eingehalten werden müssen.

In der Praxis ist es aber eher so, dass es regelmäßig vorkommt, dass von mir mehr Schuhe im Flur sind, als von meiner Frau. Dies ergibt sich aus der Tatsache, dass ich zwischen meinen Anzügen hin und her wechsle: die braunen Lederschuhe zum braunen Anzug, die schwarzen Lederschuhe für die anderen Anzüge, die Turnschuhe für die Freizeit, die Hausschuhe und vielleicht noch die Wanderschuhe, weil ich diese vor drei Wochen einmal benutzt hatte.

Dieser Anhäufung von Schuhen ist meiner Frau nicht wirklich recht. Sie versucht mich immer mehr dahin gehend zu erziehen, dass ich die Schuhe – wie sie – im Keller lagere und für jede Verwendung extra das benötigte Paar herauf hole und nach der Nutzung wieder wegräume. Ein Arbeitsaufwand mit dem ich mich nur schwerlich anfreunden kann.

Nun hat meine Frau den Leidensdruck dadurch erhöht, dass eine Maximalanzahl an Schuhpaaren festgelegt wurde und eine Überschreitung zu einer Scheidung führt. Das ist echt hart. Die Anzahl liegt bei zwei Paar.

184. Dein Klo und mein Klo
Bei uns zu Hause gibt es, wie bei vielen anderen auch, neben dem normalen Badezimmer noch eine Gästetoilette. Und irgendwann hatte es sich so eingespielt, dass wir unsere eigenen Toilettenreviere abgesteckt hatten, d.h. meine Frau benutzt das große Bad, während ich es mir im Gästeklo gemütlich mache.

Das funktioniert einwandfrei und ist zu einem unausgesprochenen Gesetz geworden. Wie es jetzt eines Tages dazu gekommen ist, weiß ich nicht genau, aber ich habe eine unangemeldete und nicht genehmigte Grenzüberschreitung gewagt.

Mit anderen Worten ich habe ein größeres Geschäft im Badezimmer erledigt und dabei geruchstechnische Spuren hinterlassen. Dies fand meine Frau ziemlich unangemessen und machte mir unmissverständlich klar, dass ich gefälligst nur das Gästeklo "vollstinken" darf. Alles andere würde klassisch unter Scheidungsgrund fallen.

185. Der kleine Finger
Wieso das hier ein Scheidungsgrund ist, verstehe ich zwar nicht, denn ich fühlte mich schon ohne den Spott und die Androhung der Scheidung genug bestraft.

Der Winter war gerade verschwunden und der Frühling zog heran. Verbunden damit machte mich meine Frau darauf aufmerksam, dass die Winterreifen auf dem Auto ja nicht besonders schön aussehen würden. Der Wink mit dem Zaunpfahl war also nicht zu überhören, selbst für einen Mann nicht.

Ich bewaffnete mich also nach der Arbeit mit meinem Drehmomentschlüssel und dem Wagenheber und begab mich an die Arbeit. Das Auto wurde aufgebockt ein Rad abmontiert, das Sommerrad in der Garage von der Wand geholt und anmontiert. Ein völlig normales Geschäft also. Ein Geschäft welches ich schon oft genug erfolgreich durchexerziert hatte.

Beim zweiten Rad passierte mir dann der verhängnisvolle Fehler. Ich nahm das Sommerrad von der Wandhalterung in rund 2 Metern Höhe ab und es entglitt mir. Reflexmäßig versuchte ich es mit dem kleinen Finger der rechten Hand abzustoppen, was mir nicht wirklich gelang.

Darauf folgte dann ein kurzer, stechender Schmerz und mein Blick auf meinen rechten Arbeitshandschuh zeigte mir, dass da irgendetwas nicht ganz in Ordnung zu sein schien.

Ich zog den Handschuh aus und konnte bestaunen, dass man einen kleinen Finger offensichtlich im zweiten Gelenk auch um 90° nach oben knicken könne. Eh ich darüber großartig nachdenken konnte packte ich den Finger mit der Linken und zog einmal beherzt dran.

Fertig, alles war wieder normal. Er tat noch ein wenig weh, aber als männliches Wesen, dessen Vorfahren noch Mamuts mit Pfeil und Bogen gejagt hatten, war dies ja ein Klacks und nicht der Rede wert.

Entsprechend wechselte ich dann die Räder zu Ende und ging ins Haus. Und hier beging ich den eigentlichen Fehler: Ich erzählte meiner Frau von meinem Erlebnis, welche sich mittelmäßig echauffierte und lustig machte. Und ich bekam den Auftrag sofort ins Krankenhaus zu fahren. Gleichzeitig wurde mir versichert, dass, wenn ich mich noch einmal so dämlich anstellen würde, und versuchen würde ein komplettes Fahrzeugrad mit einem Fin-

157

ger auffangen zu wollen, dies ein Scheidungsgrund wäre.

Übrigens: Im Krankenhaus hat man dann festgestellt, dass der Finger verstaucht gewesen sei und man dort auch nichts anderes getan hätte. Dafür wurde der Finger dann überstreckt geschient, was zu Folgebeschwerden führte... hätte ich doch besser einfach den Mund gehalten.

186. Ups

Mit zu den ersten erlebten Scheidungsgründen meiner Frau zählte der Besuch bei einer Arbeitskollegin meiner Frau. Eine Gelegenheit, die ich geradezu genial nutzte, mich zu blamieren und über Jahre hinaus im Gespräch zu bleiben. Viel besser kann man es eigentlich nicht anstellen.

Ich glaube es handelte sich um eine Wohnungseinweihungsparty – kann aber auch etwas anderes gewesen sein. Jedenfalls gab es dort sehr leckere Gulaschsuppe in sehr wackeligen Plastiktellern und meine Frau und ich saßen auf dem weißen Sofa.

Muss ich noch mehr sagen?

187. Fremdkündigung

Sehr gute Freunde meiner Frau wohnen an der Nordsee. Wir haben sie einzeln kennengelernt und dann verkuppelt. Aus dieser Kuppelei ist inzwischen ein glückliches Ehepaar geworden.

Die beiden haben eine sehr herzerfrischende Art und Weise und man kann mit ihnen viel Spaß haben. Und immer wieder schaffen sie es, einen durch ihr Tun zu überraschen und manchmal auch verblüffte Sprachlosigkeit zu hinterlassen.

Eine der besonderen Geschichten in diesem Zusammenhang ergab sich daraus, dass unsere Freundin, in ihrem Job sehr unglücklich war. Die Arbeitsleistung wurde schamlos ausgenutzt.

Irgendwann telefonierte ich dann mit meinem (unserem) Freund und er erzählte mir, dass seine Frau gerade mit einer Freundin in Urlaub sei. Er hätte deswegen schon mal eine Kündigung des Jobs seiner Frau vorbereitet und wolle die nun abschicken. Das hinterließ sogar bei mir eine gewisse Sprachlosigkeit und ich fragte – um sicherzugehen – noch einmal nach, ob ich korrekt verstanden hätte, dass er den Job seiner Frau in ihrer Abwesenheit kündigen wolle. Die Antwort war: Ja!

Ich erzählte meiner Frau nach dem Telefonat davon und das einzige was von Ihr zurückkam war: Wenn DU jemals auf den Gedanken kommen solltest meinen Job zu kündigen, dann wäre das mit Sicherheit ein Scheidungsgrund.

Übrigens: Unsere Bekannte hat sich über die Kündigung, die tatsächlich durchgezogen wurde, gefreut. Man sieht: die Menschen sind sehr unterschiedlich auf dieser Erde.

188. Die Waschmaschine
Nach ca. 15 Jahren Einsatz gab plötzlich unsere Waschmaschine den Geist auf – von jetzt auf gleich. Was das in einem Haushalt mit Kindern bedeutet, werden sich zumindest die Mütter vorstellen können.

Für mich hieß dies, die Mittagspause und den Feierabend dazu zu nutzen, mit Verkäufern in unterschiedlichen Läden zu sprechen, die Angebote zu sichten und mit meiner Frau zu überlegen, was denn das neue Gerät alles können soll. Nachdem wir den Internet-Anschluss und das automatisierte Bügeln und Falten der Wäsche ausgeschlossen hatten, blieben nur noch Randthemen, wie Zeitsteuerung, Energie-Effizienz und Lebensdauer im Rennen.

Nach nur drei Tagen war unser Entscheidungsprozess abgeschlossen und die Maschine geordert – beim Elektro-Fachgeschäft unseres Vertrauens.

Als dann das schwere – in Deutschland gebaute – Markengerät in unserem Keller stand, galt es die erste Wäsche einzuräumen. Dies durfte ich – unter Aufsicht meiner Frau – durchführen. Als ich mich aber vor die Maschine kniete und ihr bei den ersten Umdrehungen zuschaute, war es mit der Idylle vorbei. Meine Frau fragte mich, ob es mir gut gehen würde, einen Kniefall vor einer Waschmaschine zu machen. So etwas hätte sie noch nie gesehen und wolle sie auch nicht noch einmal sehen, denn wenn das jemand bemerken würde (außer ihr) wäre das ein Scheidungsgrund.

Seit dem habe ich auch nie wieder vor der Maschine gekniet... wozu auch... ich bin ja schließlich verheiratet. :-)

189. Geld stinkt (nicht)
„Geld allein macht nicht glücklich" sagt man ja so im Allgemeinen. Da ist auch sicherlich etwas Wahres dran. Zumindest bei uns zu Hause und bezogen auf Münzgeld.

Haben Sie schon mal an Münzgeld gerochen? Ich wäre sicherlich nie auf die Idee gekommen. Aber wenn man es mal macht, wird man feststellen, dass es nach Metall riecht. Eigentlich nicht wirklich verwunderlich. Hält man es länger in der Hand, riechen auch die Hände nach Metall.

Wobei laut meiner Frau, „riechen" hier die falsche Vokabel ist. Es müsste „stinken" heißen. Geld als Tauschmittel welches von unzähligen Menschen angefasst wird, hat bei meiner Frau den Beigeschmack von Unsauberkeit. In diesem Sinne gibt es einige No-Gos, die ich Laufe des gemeinsamen Lebensabschnittes erfahren musste.

So kam ich eines Tages auf die Idee unser Kleingeldschwein zu leeren, um das gesammelte Geld zu zählen. Also räumte ich die Tischdecke auf dem Küchentisch zur Seite und schüttete den Berg Kleingeld da hin. Glauben Sie mir, diesen Fehler habe ich nur einmal begangen.

Übrigens: Kleingeld ist auch nicht zu Spielen, es gehört nicht auf die Küchenarbeitsplatte, und, und, und. Längerer Umgang mit Kleingeld ist ein Scheidungsgrund.

190. Falsch gewählt
Bevor wir Kinder hatten, war die Küche mein Reich. Mit den Kindern hat es da eine Verschiebung in Richtung der klassischen Rollenverteilung gegeben. Der Macho-Teil in mir findet das natürlich klasse. Aber darauf wollte ich eigentlich nicht hinaus.

Was mir nie lag, war das Backen. Ich habe diverse Kuchen und Torten ausprobiert, allerdings nur mit einem mäßigen Erfolg und so habe ich dieses

Kapitel, zum Wohl der Weltbevölkerung, dran gegeben.

Anders ist es mit meiner Frau. Während sie anfangs keinen großen Spaß am Kochen hatte, probierte sie sich dann im Backen aus und fand Gefallen daran. Dies ist sicherlich genetisch bedingt, da in der Familie meiner Frau sehr viel gebacken wird. Es gibt keinen Sonntag wo kein selbstgebackener Kuchen da ist.

Jedenfalls schmecken alle Kuchen meiner Frau phänomenal. Um eins klarzustellen... das schreibe ich hier nicht, weil meine Frau mit vorgehaltener Waffe neben mir steht, sondern weil es tatsächlich so ist.

Die Folge davon ist allerdings auch, dass sie inzwischen oft gefragt wird, ob sie nicht einen Kuchen oder eine Torte mitbringen kann, wenn wir irgendwo eingeladen sind. Sie macht das auch immer gerne.

Einmal ist mir allerdings ein echt böser Fauxpas unterlaufen. Wir waren zu Besuch und meine Frau hatte einen Kuchen mitgebracht. Die Gastgeber hatten ihrerseits auch Kuchen. Allerdings aufgetauten aus dem Kühlregal. Und ich als schlechter Ehemann habe dann doch tatsächlich nur von dem Fertigkuchen probiert und den Kuchen meiner Frau stehen gelassen.

Noch auf der Rückfahrt wurde mir zu verstehen gegeben, dass es ein Unding ist, ihren leckeren, mit Mühe zubereiteten Kuchen nicht anzurühren, aber dafür so ein Tiefkühlding zu Essen. Nicht noch einmal – sonst Scheidung.

191. Freisprechen
Ich frage mich manchmal, ob die Evolution zukünftig so verlaufen wird, dass weibliche Homo Sapiens bereits mit einem im Körper fest verwachsenen Telefon geboren werden. Das wäre doch eigentlich eine konsequente Weiterentwicklung unserer Rasse.

Meine Frau gehört auch zur Subfamilie der Viel- und-Lang-Telefonierer, während ich eher versuche lange Telefonate zu vermeiden. Ich telefoniere, weil ich muss, nicht weil es Spaß macht. Das führt dazu, dass ich da dann ziemlich praktisch veranlagt bin, sprich: Wenn ich schon telefonieren muss, versuche ich parallel noch etwas Sinnvolles zu machen, soweit dies mit den fehlenden männlichen Multitasking-Fähigkeiten möglich ist.

Einmal kam ich auf die Idee, die Freisprecheinrichtung unseres Telefons zu benutzen. Oh, ich sage Ihnen, das war keine gute Idee. Meine Frau meinte, dass es sie als aktive Telefoniererin ärgern würde, wenn jemand das Telefon auf Lautsprecher stellen würde. Schließlich wolle man ja auch manchmal lästern und da könnte das ja jeder mithören.

Sie hasst es, wenn Leute nur per Freisprecher reden. Ganz besonders dann, wenn plötzlich noch Kommentare aus dem Hintergrund von mithörenden Personen – die ja gar nicht Adressat der Unterhaltung sind – in das Gespräch einfließen. Ein Scheidungsgrund.

192. Knigge im Schnellrestaurant
Wir gehören auch zu dem überwiegenden Teil der Bevölkerung welcher niemals bei McDonalds essen

geht. Wenn wir dann dort nicht sind, esse ich in der Regel einen McRib – meinen Lieblingsburger, weil er komplett anders schmeckt, als alle Anderen. Insbesondere die herbe Sauce darin trifft genau meinen Geschmacksnerv.

Allerdings ist dieser Burger für mich immer eine Herausforderung. Er ist definitiv nicht Knigge-kompatibel.

In der Regel tropft mir die Sauce heraus, wobei ich versuche die Tropfen in der Pappschachtel des Burgers landen zu lassen. Gleiches gilt für die herausfallenden Zwiebeln. Insgesamt geht das meistens auch ohne größere Unfälle aus. Dass danach alle meine Kleidungsstücke in die Wäsche müssen ist eine Ausnahme.

Was aber immer der Fall ist, ich muss nach dem Essen die Finger waschen gehen.

Meine Frau findet das Ganze eher peinlich und meint, dass das „Herumsauen" mit einem McRib ganz klar unter die Rubrik der Scheidungsgründe fällt.

Wie gut, dass wir nie bei McDonalds essen...

193. Knarz

Wir haben exakt eine Tür bei uns im Haus, die knarrt. Es ist unsere Schlafzimmertüre. Leider hat meine Frau die Angewohnheit, nicht nur Schubladen und ähnliches, sondern auf besonders Türen gerne offen stehen zu lassen. Dementsprechend kann es bei Luftzügen schon einmal vorkommen, dass das Knarren der Türe durch das Haus erschallt.

Es ist ja nicht so, dass mich das nicht nerven würde, aber ich versuche dem Ganzen eine Art erzieherischen Effekt abzugewinnen. Leider in all den Jahren unserer Ehe bisher ohne Erfolg. Meine Frau hasst es wie die Pest, wenn man die Knarzgeräusche hört.

Meistens bin aber dann doch ich es, der die Türe schließt, um dann ein „endlich" von meiner Frau zu ernten.

Irgendwann war ich aber mal der Übeltäter, der die Tür offen gelassen hatte. Auch wenn ich mich bemühe, der perfekte Mensch zu sein, so kann einem solch ein kleiner Fehler ja doch unterkommen. Ausnahmsweise.

Meine Frau nahm das dann direkt und unmittelbar zum Anlass mir mitzuteilen, dass das Offenstehenlassen des Schlafzimmers wegen der knarrenden Türe ein Scheidungsgrund ist.

Tja, wie war es bei Animal Farm: „Manche sind gleicher".

194. Rasender Kinderwagen
Die Verkehrsführung am Bahnhof unserer Stadt ist ein wenig merkwürdig geregelt. Auf der Vorderseite des Bahnhofes ist ein großer Platz, der noch irgendwie zur Fußgängerzone gehört. Allerdings dürfen dort auch die Busse des ÖPNV und ein paar andere Fahrzeuge entlangfahren.

Um sicher zu stellen, dass die Fahrzeuge mit Passiererlaubnis dort nur im Schritttempo durchrollen, hat die Stadt festinstallierte Radarfallen für jede Fahrtrichtung aufgestellt. Radarfallen in der

Fußgängerzone – sie blitzt bei Überschreitung von 10 km/h.

Als unser Sohn noch im Kinderwagen lag, kam ich dann auf die Idee, ich könnte mal testen, ob die Radarfalle auslöst, wenn ich dort mit dem Kinderwagen lang renne. Schon alleine das Äußern dieser Idee brachte meine Frau an den Rand der Verzweiflung. Dies hinderte mich allerdings nicht, die Idee in die Praxis umzusetzen.

Ich schaute mir genau an, wo die Induktionsschleifen im Boden lagen, positionierte den Kinderwagen, nahm Anlauf und rannte aus voller Kraft an der Radarfalle vorbei und schaffte es sie zum Auslösen zu bekommen. Mit anderen Worten, die Stadt hatte danach einen Vater mit Kinderwagen auf dem Radarfoto. Wie gut, dass Kinderwagen keine Kennzeichen brauchen und weder ich, noch mein Sohn, somit nie eine Knolle bekommen haben.

Die Leute die drum herum standen fanden meine Aktion wohl recht lustig. Meine Frau konnte diese Freude nicht wirklich teilen und stellte fest, dass eine Wiederholung ganz klar zu einer Scheidung führen würde.

195. Treckerfahrt im Baumarkt

Da gab es den einen Samstagnachmittag, als meine Frau auf die gute Idee kam, man könne ja einfach einmal in einen Baumarkt fahren, um dort durchzuschlendern und zu schauen. Eigentlich hätte mir das verdächtig vorkommen müssen, denn Frauen neigen in der Regel nicht dazu, sich für die Inhalte von Baumärkten zu interessieren. (Bin ich jetzt etwa ein Macho?)

Wir fanden dann auch sehr schnell etwas was wir eigentlich gar nicht gebrauchen konnten, nämlich die kleine Sitzgarnitur, bestehend aus einem Tisch und zwei Stühlen für die zweite – noch nicht vorhandene – Terrasse hinter dem Haus, woraus sich dann ableitete, dass wir auch Splitt und Terrassenplatten kaufen mussten.

Aus dem Schlendern war dann also das Projekt für die nächsten Wochenenden entstanden.

Innerhalb dieser Entwicklung brauchte ich dann eine kurze Auszeit und setze mich auf einen Aufsitzrasenmäher mit den Worten: „Den brauche ich dringend!" Hierzu muss man wissen, dass unser Grundbesitz über eine weitläufige Rasenflächen von ca. 100 m² verfügt (aufgerundet).

Meine Frau war anderer Meinung, worauf ich dann lenkend Traktorgeräusche imitierte und so tat als würde ich den Rasenmäher fahren.

Damit hatte ich dann wohl das maximal zulässige Peinlichkeitsniveau des Tages überschritten und die Scheidungsdrohung im Raume stehen, wenn ich nicht unverzüglich vom Rasenmähertraktor herunter kommen würde.

196. Laue Lüftchen in der Natur

Die Ärzte haben schon in Ihrem Song „Männer sind Schweine" gesungen: Er rülpst und furzt im Ehebett. Dagegen bin ich wirklich harmlos. Rülpsen tue ich so gut wie nie, das kann meine Frau sicherlich unter Eid bezeugen und furzen... naja, da wären wir bei dem Scheidungsgrund. Nur, dass ich es nicht im Ehebett tue. Ich habe ja schließlich Anstand.

Wenn mir schon mal ein Darmwind entweicht, dann kläre ich im Vorfeld die Umstände. In der Regel passiert dies nur zu Hause auf dem stillen Örtchen, welches dann nicht mehr ganz so still ist oder aber wenn wir irgendwo in der freien Natur sind. Dann schaue ich mich aber im Vorfeld auch genau um, um sicher zu sein, dass hinter mir nicht womöglich ein älteres Ehepaar lang spaziert und die Gefahr besteht, dass einer dann ruft: „Achtung! Biologische Kampfstoffe! Schnell in die Keller!".

Mit anderen Worten: Ich bin sehr um- und vorsichtig. Meiner Frau reicht das aber nicht. Selbst wenn ich einsam – zweisam – mitten in der unberührten Natur eine Blähung entweichen lasse, ist sie restlos empört und redet von Scheidung. Ich habe keine Ahnung, was sie tun würde, wenn ich den Song der „Ärzte" wörtlich nehmen würde.

197. Arbeit und hitzefrei
Zu Hause gibt es bekanntlich immer etwas zu tun. Insbesondere, wenn man eigene vier Wände hat.

Bei uns ist es so, dass wir eine recht große Terrasse haben, denn schließlich will unsere gesamte Familie dort Platz finden. Leider aber hat die Terrasse den entscheidenden Nachteil, dass sie in Richtung Westen liegt und damit am Nachmittag in den Sonnenstrahlen ertrinkt. Es gibt keinen Schutz, keinen Schatten.

Nur am Ende des Grundstücks werfen die Büsche vom Kinderspielplatz einen kleinen Schatten auf unsere Wiese. Wobei ich hier ehrlich zugeben muss, dass Wiese der falsche Ausdruck ist. Passender wäre Grünfläche, denn schließlich ist Moos auch grün.

Irgendwann kam meine Frau auf die glorreiche Idee, in diesem kleinen Schattenparadies am Ende des Gartens eine Zweit-Terrasse anlegen zu wollen. Und wer meine Frau kennt, weiß, dass sie es immer eilig hat. Siehe auch Nr. 195, wo die Idee mit der Terrasse entstanden ist.

Der Wetterbericht sagte dann auch nur 37°C für den Samstag an und ich begab mich in den Garten, um dort die Fläche zu ebnen, mit groben und feinem Splitt aufzufüllen und die Terrassenplatten zu verlegen. Dabei konnte ich kaum so schnell trinken, wie mir der Schweiß die Flüssigkeit wieder entzog.

Nach gefühlt der zehnten Flasche Wasser kam meine Frau hinzu und beschwerte sich bei mir, wie ich denn auf die hinreichend blödsinnige Idee kommen würde, bei dem Wetter eine Terrasse legen zu wollen. Sie machte mir klar, dass ich, wenn ich bewusstlos zusammen brechen würde: a) kein Mitleid zu erwarten hätte, b) ich noch Ärger mit ihr bekommen würde und c) die Scheidung ins Haus stehen würde.

Im nächsten Satz kam dann aber die Frage, wann ich denn fertig würde.... Verstehe einer die Frauen!

198. Das Toast ist weg
Unter der Woche frühstücken wir niemals gemeinsam, da ich ungefähr eine Stunde vor dem Rest der Familie aufstehe. Wobei ich ehrlich zugeben muss, dass ich diese Ruhe manchmal sogar genieße. Ich zelebriere dann das Frühstück gerade-

zu; etwas, was meine Frau nicht nachvollziehen kann. Das erwähnte ich ja bereits.

Für mein Frühstück baue ich dann auch immer alle möglichen Wurstwaren vor mir auf dem Tisch auf, belege mir zwei Scheiben Toast und starte damit meinen Tag.

Toast ist bei uns in der Regel immer genug vorhanden. Im Tiefkühlschrank im Keller liegen meist zwei Ersatzpackungen tiefgefroren griffbereit.

Eines Morgens habe ich in der Küche die beiden letzte Scheiben Toast genommen, diese verspeist und bin dann zur Arbeit aufgebrochen.

Der Ärger kam, als ich wieder heim kam. Was mir denn einfallen würde das Toastbrot leer zu machen und kein Neues herauf zu holen. Das wäre ein Scheidungsgrund!

Und warum...? Wenn ich das wüsste...

199. Vorne ist vorne und hinten ist hinten

Meine Frau ist wesentlich ordentlicher als ich, was sich bei großen Dingen aber auch bei vielen Kleinigkeiten immer wieder zeigt. Sie legt dabei auch immer einen großen Wert auf gutes Aussehen und das nicht nur bei sich selbst, sondern auch bei der Anordnung von Dingen in der Wohnung.

Letztens bin ich über einen Punkt gestrauchelt, an den ich mit meinem schlichten männlichen Gemüt nie gedacht hätte: Ich habe mein Badetuch nach dem Duschen mit der falschen Seite nach vorne zurück an den Haken gehängt.

Da das Muster auf der Rückseite ein bisschen anders aussieht, als auf der Vorderseite fand meine

Frau, dass das Gesamtbild meines Badetuches neben dem ihren gestört war und sie wies mich darauf hin. Das war noch kein Scheidungsgrund! Als ich es aber dann aus Versehen – weil ich da einfach nicht drauf achte – noch zwei weitere Mal passierte, wurde das verkehrt-herum Aufhängen von Hand- und Badetüchern auch in die endlose Liste der Scheidungsgründe mit aufgenommen.

Jetzt achte ich da wie ein Luchs drauf, dass mir dieser Fauxpas nicht noch einmal passiert.

200. Hinter Gittern

Sie kennen bestimmt diese Treppengitter, die man sich mit kleinen Kindern immer an die Treppen macht, um zu verhindern, dass Kinder heraufklettern oder herunterfallen.

Solche Gitter haben wir auch. Da die Kinder inzwischen so weit sind, dass wir die Gitter eigentlich nicht mehr brauchen, stören die Gitter hauptsächlich nur noch die Optik.

Viel schlimmer für meine Frau ist aber die Tatsache, dass ich mich schon so an das Schließen der Törchen gewöhnt habe, dass es bei mir vollautomatisch abläuft, sobald ich eines der Torgitter passiere.

Leider kommt es dann im Umkehrschluss auch ab und an vor, dass meine Frau kurz danach voll beladen mit Klamotten oder anderen Dingen vor einem verschlossenen Gitter steht und sich lautstark darüber beschwert, dass ich die Sicherung wieder zu gemacht habe.

Grundsätzlich hat sie ja ein bisschen Recht damit, dass wir die Gitter nicht mehr schließen müssen. Nur ich mache es halt schon im Unterbewusstsein.

Irgendwann stand sie dann bis zu den Zähnen vollgepackt mit irgendwelchen Dingen vor einem der von mir verschlossenen Torgitter und brüllte laut: „Das kannst Du nun auch in die Liste der Scheidungsgründe mit aufnehmen! Ich komme hier nicht durch!"

Ich muss zugeben, dass ich erst kurz gezuckt habe und mir der Gedanke durch den Kopf schoss, ob ich mir diesen neuen Scheidungsgrund erst einmal aufschreiben solle, bevor ich ihr das Gitter öffne. Zum Glück habe ich mich aber dagegen entschieden und bin sofort zu meiner Frau geeilt, um ihr den verschlossenen Weg zu öffnen.

Macken meiner Frau: 10 von 10

Die ultimative Macke meiner Frau hat etwas mit Schraubverschlüssen zu tun. Schraubverschlüsse aller Art, seien es die von Flaschen, Dosen oder auch Wasserhähnen. Alles was man bis zu einem „definierten" Anschlag drehen kann zählt dazu.

Meine Frau ist immer besorgt, es könne nicht ganz dicht sein, das heißt sie versuchte Verschlüsse immer ganz fest zuzudrehen. Das Wörtchen „ganz" ist es, worauf es hier ankommt. Denn aus „ganz" wird auch schon mal „kaputt". Den Wasserhahn im Keller hat meine Frau schon mal so stark zugedreht, dass der Drehgriff abgedreht wurde und damit der Wasserhahn nicht mehr nutzbar war. Im Vergleich zum „männlichen Zugedreht" liegen beim Zugedreht meiner Frau bei diesem Wasserhahn im Keller rund 130°. Wenn der Hahn zu ist, schafft es meine Frau noch fast eine halbe Drehung on top zu geben. Das Gleiche gilt auch für Flaschen.

Besonders lustig ist es dann, wenn sie manche Dinge so fest zugedreht hat, dass sie sie selbst nicht mehr geöffnet bekommt und mich dann fragt.

Die Kinder haben eigentlich keine Chancen Flaschen zu öffnen, die meine Frau zuvor in der Hand hatte und auch Besucher wundern sich gerne.

Wir sollten vielleicht mal von Schraubverschlüssen in unserem Haushalt absehen und Alternativen einsetzen, zum Beispiel nur noch Korken verwenden.

201. Kalt auf heiß

Da fällt mir noch ein ziemlich alter Scheidungsgrund ein... damals als wir auf Hochzeitsreise waren.

Wir lagen so schön am Strand und meine frisch angetraute Gattin bat mich, ihr den Rücken mit Sonnencreme einzureiben. Als frisch verliebter Gentleman habe ich diese Aufgabe natürlich super gerne wahrgenommen und angefangen die Sonnencreme mit Lichtschutzfaktor 50 in schönen Formen auf den Rücken tropfen zu lassen. Immer einen schön dünnen Streifen, damit der Prozess möglichst lange andauert.

Meine Frau hat sich dann ziemlich schnell beschwert, dass ich sie quälen würde, die kühle Sonnenmilch so langsam auf die heiße Haut tropfen zu lassen. Als ich darauf meinte, dass ich Bilder malen würde, um die dann so von der Sonne in den Rücken gravieren zu lassen war der Friede vorbei und ich erntete auf der Hochzeitsreise schon den Spruch mit der Androhung der Scheidung.

Aber natürlich habe ich es ab sofort unterlassen, solch einen Blödsinn zu machen.

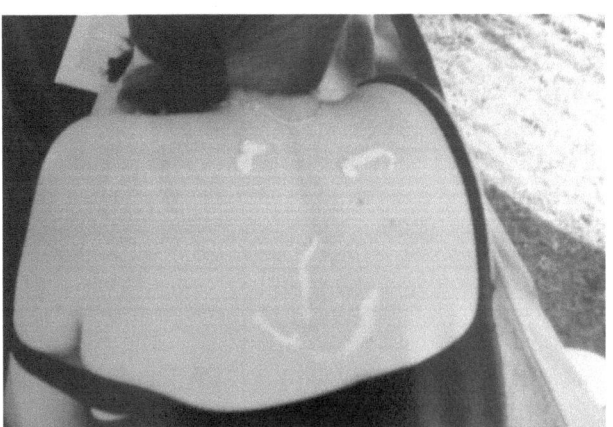

202. Offroad

Wenn wir schon mal in Urlaub fliegen, geht es uns nicht darum, den kompletten Urlaub am Strand zu liegen und uns die Sonne auf den Pelz scheinen zu lassen, sondern wir wollen dann auch Land und Leute kennenlernen. Entsprechend informieren wir uns schon im Vorfeld über das Ziel und planen Ausflüge, teils organisiert, teils auf eigene Faust. Für letztere mieten wir uns dann in der Regel ein Auto. So auch geschehen auf unserer Hochzeitsreise nach Zypern.

Laut dem Reiseführer sollte es eine sehr schöne Strecke geben, die sich (Zitat) „mit einem PKW gut im 2. Gang befahren lässt". Mit unserem Mietwagen hatten wir dabei sehr viel Glück, da wir ein sogenanntes „free upgrade" erfahren hatten und man uns einen kleinen Geländewagen vor das Hotel gestellt hatte.

Mit diesem starteten wir dann den Ausflug, der uns immer weiter in die Berge führte. Die Straße wurde zunehmend unbefestigter und schlussendlich landeten wir auf einem schmalen Holperpfad an dessen linker Seite es ungeschützt sehr tief bergab ging und an dessen rechter Seite der Berg steil aufragte. Kleinere Steinchen von mehreren Dezimetern Durchmesser lagen dort schon mal im Weg und ich war froh, dass ich mit zugeschaltetem Allradantrieb langsam vorwärts kam. Meine Frau nicht!

Ihr wurde die Sache immer unangenehmer bis sie mich irgendwann zum Anhalten und zur Umkehr nötigte. Wobei Umkehr nicht so einfach war, das hieß rund 500 Meter rückwärts den engen Pfad am Abgrund vorbei.

Danach wurde erst einmal klargestellt, dass ich solche Wege nie wieder zu fahren hätte, wenn ich nicht eine Scheidung riskieren wolle.

Schade eigentlich: Mir hatte die Tour sehr viel Spaß gemacht.

203. Ich und der Strom
Ich gehöre zu den Menschen, die „Do it yourself" beherzigen und gerne versuchen zu Hause möglichst viel selbständig gelöst zu bekommen. Gut, wenn ich daran zurückdenke, wie meine Frau und ich zusammen die ersten Zimmer tapeziert haben und diese danach aussahen... uns hatte ja auch niemand gesagt, dass wir auf die Produktionsnummern auf den Tapetenrollen achten müssen.

Es gibt Fehler, die man nur einmal begeht und genau zu diesen Fehlern gehört auch dieser Scheidungsgrund.

Kleinere Dinge am Stromsystem schaffe ich zu Hause in Eigenregie zu verlegen, sprich Schalter einbauen, Steckdosen setzen und solche Dinge. Und ich habe auch nach meinen anfänglichen Erfahrungen mit 230 Volt dazu gelernt und nehme die betreffende Sicherung heraus. Weniger aus Angst vor dem Stromschlag, als vielmehr aus Faulheit, denn wenn der FI auslöst, kann ich anschließend sämtliche Uhren im Haus wieder neu einstellen. Darauf habe ich wirklich keine Lust.

Nun aber zu dem Scheidungsgrund: Arbeiten am Stromkreislauf sind meiner Frau nie ganz geheuer. Als ich eines Abends meinte, dass ich noch ein paar Leitungen für ein Zimmer ziehen und schalten möchte, während sie den Abend bei Ihren Eltern verbringen wollte, gab es Gegenwind. Alleine zu

Hause am Strom zu arbeiten wäre ein Scheidungsgrund; ganz besonders dann, wenn ich dann plötzlich tot im Zimmer liegen würde, wenn sie heim kommt.

So wird man dann wieder auf das zurück besonnen, was man in der Kirche mal versprochen hat: „Bis dass der Tod uns scheidet".

204. Gefühle

Auch Männer haben Gefühle! Und ich rede jetzt nicht nur von Hunger und Durst. Wobei diese sicherlich die primären Gefühle sind.

Ich gehöre zu den Menschen, die sehr gefühlvoll sind und auch gut mit Anderen mitfühlen können. Und ich gebe sogar zu, dass ich auch als Mann weinen kann.

So kommt es ab und an auch schon mal vor, dass wir abends vor dem Fernseher sitzen und einen Film gucken, der meine Gefühle anspricht und wenn es dann ganz schlimm wird, dann rollt schon mal ein Tränchen meine Wangen herunter.

Spätestens wenn ich dann in meinen Hosentaschen nach einem Papiertaschentuch suche, bekommt meine Frau es regelmäßig mit und schaut mich völlig verständnislos an. Meist kommt dann noch ein semi-schlauer Spruch wie: „Du weißt schon, dass das nur Schauspieler sind?"

Sie hat da kaum Verständnis für, wenn mich ein Film emotional mitnimmt und bewegt. Ein Scheidungsgrund der erfahrungsgemäß paarmal jährlich zuschlägt.

Aber... das muss ich an dieser Stelle unbedingt noch loswerden. Letztens kam ich abends heim und hörte, dass meine Frau im Wohnzimmer vor dem Fernseher saß. Dann hörte ich ein leises Schluchzen und ein Schniefen in ein Taschentuch. Ich schaute um die Ecke und konnte nicht glauben, was ich da sah... meine Frau weinte vor einem Fernsehfilm. Als ich einen (gemeinen) Spruch von mir gab, kam nur ein „Sei ruhig zurück, ich muss das Ende sehen. Das ist so traurig".

205. Es duftet nach Essen

Damals vor langer, langer Zeit, als wir noch keine Kinder hatten, war ich meist derjenige der gekocht hat. Das habe ich ja bereits berichtet. Mit den Kindern hat sich das dann gewandelt, so dass ich auch damit angeben kann, dass meine Frau den Herd bewachen muss. Aber egal, springen wir zurück in die Zeit, in der ich kochte.

Kochen macht mir Spaß und ich liebe auch den Essensgeruch. Ich mag den Duft von angebratenen Zwiebeln und Fleisch. Ich mag den Geruch von Knoblauch in der Luft oder Gehacktem in der Pfanne. Es macht mir auch nichts aus, wenn sich dieser leckere Duft im ganzen Haus verbreitet und man merkt, dass es bald leckeres Essen geben wird. Gut, das Argument meiner Frau ist auch nicht ganz von der Hand zu weisen. Sie meint der Geruch würde sich dann auch in den Kleidungsstücken festsetzen, die im Flur an der Garderobe hängen und im Schlafzimmer in die Bettwäsche, und, und, und...

Deswegen achtet sie jetzt peinlichst genau darauf, dass die Türe geschlossen ist, wenn sie kocht. Dazu läuft dann in der Regel der Absauger und ein Küchenfenster ist gekippt.

Wenn ich koche, achte ich eigentlich auf nichts, außer auf das Essen. Und wenn ich es dann irgendwann bemerke, ist es meist auch schon zu spät, so dass ich höre: „Du weißt doch, dass eine offene Küchentür beim Kochen ein Scheidungsgrund ist, oder? Du legst es wohl darauf an."

206. Was ist denn hier los

Ein Grund, den ich inzwischen versuche zu vermeiden – weil meine Frau damit sogar mal Recht hat – ist ein Verhalten, das ich mir irgendwann angewöhnt habe.

Und zwar kommen unsere Kinder abends immer wieder auf die Idee uns aus fadenscheinigen Gründen in ihre Zimmer zu rufen. Eigentlich wollen sie aber nichts. Manchmal merkt man so richtig, wie sie anfangen zu überlegen, warum sie gerufen haben, wenn man dann ins Zimmer kommt.

Wie gesagt, irgendwann habe ich mir dann angewöhnt nach dem x-ten Mal das Zimmer mit den Worten „Was ist denn hier los!?" zu betreten. Meine Frau meinte, das würde nicht besonders freundlich klingen – klingt es auch nicht.

Als ich es zum 222. Mal so gemacht hatte, hieß es dann, dass es ein Scheidungsgrund wäre. Mittlerweile rufen sie auch seltener und wenn sie dann doch rufen, gehe ich freundlicher in die Kinderzimmer.

207. Nimm den kleinen Koffer

Meine Frau hat eindeutig ein Gepäckproblem, wenn wir in den Urlaub fahren. Nicht, dass sie zu viel einpacken würde oder dass sie nicht wüsste, was sie mitnehmen soll. Das ist alles völlig problemlos. Die Schwierigkeit ist: Worin es eingepackt werden soll.

Denn sie möchte eigentlich möglichst wenige Gepäckstücke haben. Das begrüße ich auch, schließlich muss man jedes Gepäckstück tragen. Die Gepäckstücke dürfen aber auch nicht zu groß sein.

In der Praxis funktioniert das bei uns so, dass am Tag vor der Abreise unser Schlafzimmer zur Packstation umgewandelt wird. Auf dem Bett stapeln wir Kleidungsstücke, Schuhe, Handtücher, Medikamente, etc. Dann suche ich einen passenden Koffer aus.

Wir haben – bedingt durch meine früheren Dienstreisen – viele unterschiedlich große Koffer zur Wahl. Meinst kann man(n) direkt erkennen, dass wir den großen Koffer benötigen. Dementsprechend gehe ich in den Keller und hole den großen, blauen Koffer herauf und ernte dann einen Scheidungsgrund, weil der Koffer zu groß ist. Es wäre peinlich mit einem so riesigen Gepäckstück zu kommen. Das würde eher nach Umzug als nach Urlaub aussehen.

Also, darf ich den Koffer dann wieder in den Keller tragen und den nächst kleineren herauf bringen. Die Zeremonie ist eigentlich immer die gleiche: Ich fange dann an, die aufgeschichteten Sachen in diesen kleineren Koffer einzuräumen, um kurz darauf festzustellen, dass sie nicht hinein passen.

Von meiner Frau kommt dann mit einer absoluten Regelmäßigkeit der Satz „Ja, Du hattest ja Recht" (Vielleicht lohnen sich ja die Mühen – allein für diesen Satz). Der kleinere Koffer kommt dann wieder zurück in den Keller und der große, blaue wieder herauf. Nun darf ich ihn befüllen.

Um mir einen Gang und einen Scheidungsgrund zu sparen habe ich mir inzwischen angewöhnt immer zuerst den zu kleinen Koffer aus dem Keller zu holen, um dann gemeinsam mit meiner Frau (völlig überraschend) festzustellen, dass das Gepäckstück zu klein ist.

208. Herd

Zurück zur Kofferproblematik: Irgendwann sind unsere Sachen dann tatsächlich in einem (großen) Koffer verschwunden, das Auto ist beladen und wir sind losgefahren. Eigentlich könnte man den Autotacho danach eichen: Nach zwei Kilometern kommt die Frage, ob der Herd aus sei. Nicht das wir diesen zum Frühstück gebraucht hätten, aber er könnte ja doch durch Geisterhand eingeschaltet worden sein.

Dieser Umstand veranlasst mich dann regelmäßig zu der Aussage, dass der Herd sicherlich ausgeschaltet ist. Im weiteren Verlauf des Gesprächs kommt dann die Frage, ob ich denn auch nachgeschaut hätte. Diese verneine ich dann wahrheitsgemäß.

Anschließend steht wieder die Frage im Raum, ob der Herd ausgeschaltet ist. Schließlich hätten die Kinder ihn anmachen können – unsere Kinder waren noch nie am Herd.

Einmal habe ich doch tatsächlich sogar gewendet und bin zurück nach Hause gefahren. Der Herd war aus. Was auch sonst.

Aber weitere ungeprüfte Behauptung der Herd sei aus, sind inzwischen ein Scheidungsgrund. Man sollte es nicht glauben: Inzwischen kontrolliere ich wirklich vor jeder Abreise, ob unser nicht in Betrieb gewesene Herd auch wirklich ausgeschaltet ist.

209. Zu viele Jobs

Neben diesem Buch und meinen Hobbies habe ich seit einiger Zeit noch einen kleinen, echten Nebenjob: zusammen mit meinem Kollegen beraten wir kleine und mittelständische Unternehmen, sowie Kommunen in Sachen Informationssicherheit. Da wir uns einen recht guten Ruf in diesem Metier gemacht haben, kommt es auch zunehmend zu mehr Aufträgen, die wir dann während der Woche erledigen. In unserem Hauptberuf heißt es dann Urlaub nehmen.

So lange es nur wenige Tage im Jahr sind, ist das kein Problem und wird auch von meiner Frau toleriert. Sollte es aber zunehmen, werde ich mir eine Lösung überlegen müssen, denn meinen gesamten Urlaub oder eine größere Zahl Urlaubstage für den Nebenjob zu opfern, das ist auch ein Scheidungsgrund.

Hier bin ich auch ganz bei meiner Frau. Denn da hat sie Recht, der Urlaub ist für die Familie, nicht für einen anderen Job.

210. Sitzungsdauer

Toiletten sind sicher in jeder Ehe ein Thema. So auch bei uns. Wir beide haben eine sehr unterschiedliche Stuhlgang-Kultur. Während meine Frau eher die Schnellnutzerin ist, bin ich eher der gemütliche Stuhlgänger. Mit anderen Worten, ich brauche mehr Zeit. Schließlich muss man(n) ja auch mal in Ruhe die Neuigkeiten der Social Networks sichten und interessante IT-Artikel im Internet lesen.

Wenn es nach mir gehen würde, läge auch ein Tablet griffbereit auf der Toilette. Ich kenne auch viele Paare, bei denen die Männer auf ihren Toiletten Auto- oder Computerzeitschriften lagern. Daran finde ich nichts bedenkliches oder merkwürdiges, das ist halt Männer-Klo-Kultur.

Nicht so meine Frau. Sie kann es überhaupt nicht nachvollziehen, wie man(n) so lange auf dem stillen Örtchen verbringen kann. Vielleicht ist auch so, weil es auf dem stillen Örtchen, tatsächlich still ist.

Kommt es in Ausnahmefällen dazu, dass ich eine zweistellige Minutenzahl auf meiner Toilette weile, weil ein Artikel vielleicht besonders packend ist, dann merke ich bei ihr Ungeduld aufkommen und wenn sich dann schnelle Schritte meinem Aufenthaltsort nähern, dann weiß ich, dass es mir wieder einen Scheidungsgrund geschlagen hat.

211. Wäscheorigami

Wäsche ist die Domäne meiner Frau. Habe ich ja bereits erwähnt. Hier habe ich mich rauszuhalten. Das ist mir mehrfach mit Nachdruck klar gemacht worden. Der Hintergrund ist einfach, dass ich alles falsch mache. Siehe auch Scheidungsgrund Nummer 168.

Es geht aber auch noch über das Aufhängen hinaus. Hier habe ich ja schon verstanden, dass ich nicht das gleiche Prinzip anwende, wie meine Frau. Aber etwas anderes musste ich dann separat dazu lernen.

Als meine Frau mal unterwegs war, habe ich die trockene Wäsche abgehängt und mich ans Bügeln, Zusammenlegen und Wegräumen der Wäsche begeben. Ich war so stolz auf diese vollbrachte Heldentat und dass ich es seit der Junggesellenzeit nicht verlernt habe. Allerdings hatte ich die Wirkung auf meine Frau falsch eingeschätzt. Ich hatte damit gerechnet, dass sie vor mir auf die Knie fällt, mich umarmt, sich überschwänglich bedankt und sagt, ich solle das doch immer machen. Die Realität war aber komplett anders. Sie öffnete den Schrank und fragte: „Was ist denn hier passiert?"

Was war passiert? Die Handtücher waren eingeräumt, aber ein wenig anders gefaltet, als meine Frau es sonst macht. Ich gebe zu, dass ich keine Detailanalyse ihres Faltstils durchgeführt hatte, sondern nach bestem Wissen und Gewissen den Faltvorgang durchgeführt hatte. Das Ergebnis war aus meiner Sicht okay. Die Handtücher verbrauchten eine geringere Grundfläche die Faltkanten sahen ordentlich aus. Aber halt anders als bei meiner Frau. Definitiv ein Scheidungsgrund. Ja... es muss schon 100%ig sein.

212. Salate

Wenn wir beide arbeiten müssen, bereiten wir uns immer unsere Mittagessen für den Job vor. Meist sind es die Reste des Vortags oder aber auch schon mal einen Salat. Jedenfalls brauchen wir morgens dann nur in den Kühlschrank greifen.

Eines Tages passierte dann das große Unglück. Ich griff morgens in den Kühlschrank und packte schlaftrunken einen der beiden Fertigsalate ein und brach zur Arbeit auf.

Wie bekannt, steht meine Frau in der Regel rund eine Stunde nach mir auf. Entsprechend war ich schon lange im Büro, als mein Handy plötzlich ein Pling von sich gab. Da ich aber schon tief in meiner Arbeit steckte, reagierte ich nicht darauf. Es dauerte dann auch nicht lange, bis das Telefon auf meinem Schreibtisch klingelte. Es war meine Frau und es schallte mir direkt entgegen, dass ich einen Scheidungsgrund provoziert hätte. Bis zu diesem Zeitpunkt hatte ich noch keinen blassen Schimmer, was denn da schief gelaufen sein könnte.

Aus dem Redeschwall entnahm ich dann, dass ich doch bitte mal den Salat anschauen solle, den ich am Morgen eingepackt hatte. Also kramte ich in meiner Tasche und holte die Plastikschüssel raus. Oben drauf klebte ein kleiner – naja mittelgroßer – Zettel, mit dem Namen meiner Frau. Es ratterte kurz und mir schwante, dass auf dem zweiten Salat zu Hause im Kühlschrank wohl mein Name prangen würde. Tja, da hatte ich das Dressing meiner Frau und meine Frau ein Dressing, welches für mich bestimmt war und ihr überhaupt nicht schmeckte.

213. Daunen

Ein Scheidungsgrund, den ich gar nicht nachvollziehen kann, ist dieser: Er hat keinerlei Auswirkungen auf meine Frau, entfaltet keine Außenwirkung und ist noch nicht einmal peinlich. Mit anderen Worten: Ich verstehe ihn eigentlich gar nicht. Vielleicht müsste man eine Frau sein, um ihn nachvollziehen zu können.

Es handelt sich um meine Bettdecke. Wie ja schon bekannt ist, kuschele ich mich sehr gerne unter meiner dicken Daunendecke ein, wenn ich im Bett liege.

Und die Tatsache, dass ich eine Daunendecke habe, ist schon ein Scheidungsgrund. Definitiv wird die Nutzung in Frühjahr und Herbst aber zu einem Grund. Meine Frau hat überhaupt kein Verständnis, wie man sich in Jahreszeiten ungleich Winter unter eine fette Daunendecke legen kann. Das wäre viel zu warm und doch ungemütlich.

Während meine Frau mir im Herbst – unter ihrer dünnen Sommerdecke liegend – sagt, dass ihr „frisch" sei, finde ich es unter meinem Plumeau sehr angenehm warm.

Jedenfalls ist die Nutzung dieser Decke außerhalb der Jahreszeit „Winter" ein Scheidungsgrund. Ein Scheidungsgrund den ich bewusst jedes Jahr wieder riskiere. Ich liebe meine Daunendecke eben und das unabhängig von den Jahreszeiten.

214. Müll ist Müll

Mülltrennung ist heute Standard. Und so findet man in jeder Küche auch Mülleimer für die unterschiedlichen Rest- und Wertstoffe: Einen Eimer für Papier, einen für Restmüll, einen für Kunststoffe und schließlich einen für Bio-Müll.

Und in einer normalen Ehe läuft es so, dass die Mülleimer sich mit der Zeit füllen und dann irgendwann der Ruf erschallt: „Schatz, bringst Du (bitte?) den Müll raus."

Bei uns ist es in Sachen Biomüll etwas differenzierter. Hier kommt es selten zu diesem Ruf, denn eigentlich ist unsere Biotonne in der Küche so etwas wie ein Platzhalter für eine noch zu erfindende Müllkategorie.

Wenn ich dort Biomüll herein schmeißen möchte, werde ich in der Regel freundlich darauf hingewiesen, dass ich diesen Abfall doch bitte umgehend in die Biotonne hinter dem Haus bringen soll. „Umgehend" ist hierbei mit der Monopoli-Karte „Gehe in das Gefängnis. Begib dich sofort dort hin. Gehe nicht über Los. Ziehe nicht 4000 DM ein." zu übersetzen.

Der Hintergrund – so sagt meine Gattin – ist der, dass Biomüll ja stinken würde.

Wenn ich dann doch mal den Müll in der Küche benutze dann... Sie wissen schon.

215. Kindheitstraum

Dieser Scheidungsgrund hat etwas mit einem besonderen Interesse meinerseits zu tun (vgl. Scheidungsgrund 38). Ich interessiere mich sehr für die Arbeit der „Deutschen Gesellschaft zur Rettung Schiffbrüchiger" und wollte von Kindesbeinen an, gerne einmal Einsätze an Bord eines Seenotrettungskreuzers miterleben.

Ein unerfüllbarer Traum; zumindest bis zum 150. Geburtstag der Seenotretter. Denn an diesem ergab sich für mich die einmalige Chance den Traum Realität werden zu lassen. Es wurde „Ein Tag als Seenotretter" verlost und ich dachte mir nur: „Das kann nicht sein. Die verlosen Deinen Kindheitstraum"

Die Verlosung bestand aus zwei Teilen. Einem Internetvoting und einem Losverfahren unter den zehn Erstplatzierten. Also galt es für mich Werbung zu machen und möglichst viele Stimmen zu sammeln. Ich erzählte also jedem der es hören wollte – und auch nicht – von meinem Kindheitstraum. Ich erzählte es Freunden und Verwandten, ich erzählte es meinem Hausarzt und Kollegen und ich erzählte es der Zeitung und im Radio.

Was soll ich sagen: Das Glück war auf meiner Seite: Mein Traum wurde wahr! Nachdem ich in meinem Leben noch nie etwas gewonnen hatte, wurde ich Gewinner der Aktion und durfte danach wiederum von meinem Kindheitstraum berichten.

In dieser Zeit fiel das Wort Kindheitstraum sehr häufig – zu häufig. Denn nun ist die Benutzung genau dieses Wortes ein Scheidungsgrund.

216. Ich könnte Bäume ausreißen

Seit ich klein bin, versuche ich mich mit einer gewissen Regelmäßigkeit an der Aufzucht von Bonsai. Ich finde diese kleinen Bäumchen einfach sehr schön und habe ein erfolgreiches Vorbild in meinem Bekanntenkreis.

Ich selbst bin aber nicht so erfolgreich. Egal ob Junischnee, Ulme oder Ficus, früher oder später hauchten alle bei mir ihr Leben aus. Meist früher! Meine ersten Bonsai gingen mir bereits ein, als ich noch bei meinen Eltern wohnte. Mein letzter erst vor zwei Wochen.

Eigentlich sind Bonsai an sich schon ein Scheidungsgrund, da meine Frau sie schlichtweg hässlich findet. Aber da sie es doch duldet, dass ich mich ab und an wieder mit diesen Bäumchen befasse, will ich diesen Grund hier mal gar nicht nennen. Es gibt aber noch einen anderen Grund, der in einem engen Zusammenhang mit meinen Bonsai steht.

Wer schon einmal Bonsai besessen hat, weiß dass die Bewässerung recht wichtig ist. Ich habe in meinen jahrzehntelangen Feldversuchen für mich herausgefunden, dass es am besten klappt, die Bäume im Waschbecken zu wässern, wenn die Erde durchgetrocknet ist. In der Praxis bedeutet das, dass ich ihnen so lange kein Wasser gebe, bis der Zustand der Trocknung wieder erreicht ist. Ich glaube auch, dass sich die Bäume freuen, wenn sie Wasser von oben bekommen – wie Regen.

So stelle ich dann alle zwei bis drei Tage mein Bonsai morgens ins Spülbecken und dusche sie mit Wasser. Hier kann es dann schon mal passieren dass ein Baum ein oder zwei Blätter verliert, die dann im Spülbecken liegen.

Und mir ist es wiederum passiert, dass ich genau dies nicht bemerkt habe, dafür dann aber meine Frau. Blätter von den verhassten Bonsai im Spülbecken sind ein Scheidungsgrund.

217. Laternentreffer

Wahrscheinlich dürfte jedem Leser inzwischen klar geworden sein, dass ich manchmal ein wenig schusselig bin. Wenn nicht, dann sei es hier mal zur Kenntnis gebracht.

Ein Umstand, bei dem ich das selbst immer wieder schmerzhaft und deutlich vor Augen geführt bekomme ist, wenn ich im Wohnzimmer hinter dem Sofa Spielsachen aufräume. Dazu muss ich nämlich unter einer Laterne mit Kerze her. Der Hinweg funktioniert meist noch problemlos, spätestens auf dem Rückweg treffe ich sie dann aber mit dem Kopf: Autsch!

Und kaum ist mein Schmerzensruf verklungen kommt schon die Aussage meiner Frau. Es ist nicht die Tatsache, dass ich mir wehtue, sondern eigentlich die Dummheit, dass ich mir immer wieder an der gleichen Stelle den Kopf stoße.

Das Gleiche gilt übrigens auf für die Schrägen in unserem Haus. Auch hier überprüfe ich regelmäßig, ob sie sich tatsächlich noch an der gleichen Stelle befinden.

218. Brettchenwahn

Ein Ausflug in einen unserer Küchenschränke bringt eine Vielzahl von Arbeitsbrettchen – oder Frühstücksbrettchen – zum Vorschein. Diese Brettchen haben unterschiedliche Motive. So hätten wir da beispielsweise das gestreifte Brettchen. Dieses ist nur für Zwiebeln, dann ein Brettchen mit Blumen drauf. Auf diesem darf Obst geschnitten werden. Dann gibt es da noch das große und einfach weiße Brett, welches liegt (nicht das stehende); auf diesem wird rohes Fleisch geschnitten. Sprich, es gibt für jeden Zweck ein eigenes Brett und nur exakt dieses darf dann dafür verwendet werden.

Als Mann habe ich ja die einfache Auffassung, dass ich jedes Brett für alles verwenden kann, denn schließlich gibt es ja eine Spülmaschine und ein Spülbecken in unserer Küche. Reinigungseinrichtungen, die man nach Verwendung der Brettchen benutzen kann und es auch wirklich tut. Warum sollte ich also kein Fleisch auf dem Brettchen mit den Blumen schneiden oder Zwiebeln auf dem weißen? Eine Logik, die sich mir nicht erschließt.

Wer das hier liest, denkt sich sicherlich: Wenn er doch weiß, welches Brett welchen Zweck hat, warum macht er es denn nicht einfach. Die Erklärung ist simple: Inzwischen mache ich es, aber es hat rund 10 Jahre Ehe gedauert, bis ich die unterschiedlichen Verwendungszwecke der Brettchen wirklich verinnerlicht hatte und mir kein Scheidungsgrund mehr entgegen schallte, weil ich wieder einmal rohes Fleisch auf dem gestreiften Brett geschnitten hatte.

Hoffentlich geht das gestreifte Brettchen nie kaputt und ich muss mich an ein gepunktetes gewöhnen...

219. Abstand ist relativ

Autofahren ist bei uns ja ein Thema, wie in vielen Familien. Ich habe mir sagen lassen, dass die meisten Frauen mit Ihren Männern in Sachen Fahrstil nicht ganz einer Meinung sind, so auch bei uns. Wenn man mich fragt, fährt meine Frau ja deutlich schneller als ich und ich bin eher der ruhige Fahrer.

Im Jahr fahre ich rund 30.000 km und so entwickelt man ja einen eigenen Fahrstil. Eine Sache gibt es, die immer von meiner Gattin bemängelt wird: Der Seitenabstand. Um genau zu sein, der Seitenabstand zu parkenden Autos.

Warum soll ich da einen riesigen Schlenker fahren? Oder womöglich hinter einem parkenden Auto wegen des Gegenverkehrs warten, wenn doch die Straße breit genug ist. Hierbei meine ich „breit genug" in tatsächlichen Abmessungen und nicht in einem geschätzten Frauengefühl.

Wenn es denn ab und zu vorkommt, dass ich – gefühlt – zu nahe an einem Auto vorbei fahre, zuckt es zu meiner rechten Seite und ich muss fürchten, dass meine Frau auf der Handbremse sitzt, weil sie zur Seite springt. Die Frage, ob das denn sein muss beantworte ich auch brav wahrheitsgemäß mit einem „Ja" – ich meine 50 cm Abstand sind doch vollkommen ausreichend.

Ich finde, 50 cm sind kein Scheidungsgrund.

220. Heiß oder kalt oder beides

Hatte ich schon mal was zu unserem Kaminofen gesagt? Ich liebe es, wenn es draußen kalt wird, Holz in den Kamin zu legen und ihn anzumachen. Und dann geht es los: Der Kamin riecht ein bisschen, also muss die Terrassentür aufgemacht werden. In direkter Folge wird es kalt im Wohnzimmer und meine Frau sagt, dass ihr mit dem Kamin zu kalt ist. Wenn dann irgendwann die Türe geschlossen wird, kommt die wohlige Wärme und irgendwann ist das Holz aufgebraucht, so dass ich nachlegen muss.

Bis dahin ist es noch kühl. Lege ich dann mehr auf, wird es irgendwann zu warm. Egal wie, die richtige Temperatur ist nicht machbar. Unsere Wohnzimmertemperatur schwankt mit Kamin in der Regel zwischen 19°C und 27°C. Wer jetzt meint, dass es meiner Frau bei den 27°C grundsätzlich zu warm ist, ist falsch gewickelt. Die tatsächliche Temperatur ist nicht entscheidend, sondern die gefühlte.

Eigentlich ist es auch völlig egal, wie ich heize, die Tatsache bleibt, dass die Temperatur nicht stimmt. Ein Scheidungsgrund – dieser gehört zu der Kategorie der Gründe, die ich nun überhaupt nicht nachvollziehen kann.

221. Klitschnass

Dies ist ein besonders schöner Scheidungsgrund, an dem die ganze Familie Spaß hat. Die ganze Familie, nur nicht meine Frau.

Unsere Kinder lieben den Duisburger Zoo in dem es Deutschlands größtes Delphinarium gibt. Die Show ist auch wirklich sehr schön und es ist immer ein Erlebnis die klugen Tiere zu sehen.

Als erfahrene Delphinariumsgänger sind wir auch immer top ausgerüstet, denn schon Warnschilder weisen darauf hin, dass man in den vorderen Reihen ein wenig Wasser abbekommen kann. Trotzdem setzen sich immer wieder Leute dort hin und wundern sich, wenn sie nass werden. Ich muss an dieser Stelle zugeben, dass ich eine gewisse Schadenfreude entwickelt habe.

Meist ist es bei uns so, dass die Kinder und ich in Regenklamotten, d.h. Regenjacke und Regenhose in den ersten drei Reihen Platz nehmen und darauf warten, dass die Delphine Wasser aus dem Becken spritzen.

Zum Ende der Show kommt dann auch noch einmal der freundliche Hinweis, dass Wasser herüber kommen wird und zwar nicht nur Tropfen, sondern Liter! Dem ist auch so. Man könnte meinen, die Tiere haben zum Schluss Spaß daran, alle Leute nass zu spritzen.

Nun aber zu dem eigentlichen Scheidungsgrund. Bei einem Besuch hat es sich so ergeben, dass die Kinder und ich triefend nass waren. Das Wasser ran die Regenklamotten herunter, die Gesichter waren nass, die Schuhe durchweicht und wir hatten Freude. Meine Frau kam nach der Show von ihrem sicheren Platz in der obersten Reihe herunter und fand unser Aussehen so lustig, dass sie ein Foto von uns machen wollte.

Dazu stellte sie sich dann vor uns, nahm ihr Handy zur Hand und in dem Augenblick in dem sie den Auslöser betätigte, kam ein besonders schelmischer Delphin auf die Idee noch eine schöne Wasserwand aus dem Becken zu schleudern. Diese traf meine Frau von hinten. Sie hatte keine Regensachen an. Klitschnass bis auf die Unterhose stand sie da vor uns und die Kinder und ich lachten, dass wir keine Luft zum Atmen mehr bekamen.

Seit diesem Ereignis müssen wir schon immer lachen, wenn wir nur in den Zoo fahren. Meine Frau findet das gar nicht lustig. Gut, dass sie sich nicht von unseren Kindern scheiden lassen kann.

Der ultimative 222. Scheidungsgrund
Ich habe mir lange Gedanken gemacht, welcher der Scheidungsgründe wohl der sein soll, der als allerletzter in diesem Buch genannt werden soll. Die Entscheidung war ziemlich schnell getroffen. Es handelt sich um einen recht alten Scheidungsgrund, um einen Grund der schon vor unserer Hochzeit im Raum stand.

Nachdem meine Frau mir den Heiratsantrag gemacht hatte, ging es darum, wann und wie wir denn heiraten wollen. Außerdem war klar, dass wir endlich auch unsere Eltern miteinander bekannt machen mussten und ihnen davon erzählen sollten, was wir denn vorhatten.

Für meine damals zukünftigen Schwiegereltern hatten wir uns ausgedacht, gemeinsam bei deren Lieblingsgriechen zu Abend zu essen. Ich erwähnte meiner zukünftigen Frau gegenüber so nebenbei, dass ich dann ganz offiziell um die Hand der Tochter anhalten müsse, worauf sich die Augen meiner damaligen Freundin zusammen zogen und sie meinte dass es definitiv ein Scheidungsgrund – noch vor der Hochzeit – wäre, wenn ich auf die Schnapsidee kommen würde, vor meinem zukünftigen Schwiegervater auf die Knie zu fallen. Wer mich jetzt kennt, weiß, dass das eine unmissverständliche Aufforderung war....

Der Abend kam. Wir saßen bei sonnigem Wetter auf der Terrasse des Griechen und warteten auf das Essen. Dann stand ich auf, ging um den Tisch herum und kniete mich vor den Vater meiner Freundin. Ich schaute ihn von unten her an und fragte laut und deutlich: „Darf ich um die Hand Ihrer Tochter anhalten?"

Die anderen Gäste auf der Terrasse drehten sich um und klatschten Beifall. Mein zukünftiger Schwiegervater war sprachlos, meine zukünftige Schwiegermutter war ebenfalls sprachlos – was man als seltenen Tatbestand in den Kalender eintragen sollte – und meine zukünftige Exfreundin sagte nur: „Ich habe doch gesagt, Du sollst das nicht tun! Das ist ein Scheidungsgrund!"

Wir haben trotzdem geheiratet.

Schlusswort

Ich danke meiner Frau für die Scheidungsgründe und die Tatsache, dass sie bisher noch keinen durchgezogen hat. Danke auch dafür, dass sie dieses Buch unterstützt hat, auch wenn es nur aus einem Scherz heraus entstanden ist. Danke, mein Schatz!!!

Und auch „Danke!!!" an alle, die dieses Buch korrekturgelesen haben:

Meiner Frau, die zwischendurch immer sagte, dass sie sich daran gar nicht erinnern könne und meiner angeheirateten Tante – die, mit der ich das Konzert in der Konzertmuschel gegeben habe. Danke, liebe Tante Mary! Danke, auch für die sehr lustigen Ergänzungen an einigen Stellen!

Dann danke ich auch meiner Schwiegermutter, die mich immer wieder ermutigt hat dieses „Buch das die Welt nicht braucht" – wie sie es bezeichnet – weiter zu schreiben und noch vor der Fertigstellung Exemplare verkauft hat. Danke, Josi!!!

Wird es einen Band 2 geben? Diese Frage kann ich nicht beantworten. Ich glaube zwar nicht, aber ich glaube schon, dass es bei uns zu Hause weitere Scheidungsgründe hageln wird. Dass ich diese aber protokollieren und auch veröffentlichen werde, halte ich (Stand heute) für sehr unwahrscheinlich. Vielleicht heißt das nächste Buch: „222 Gründe, doch besser zusammen zu bleiben".

Danke auch allen Lesern, die bis hier hin durchgehalten haben – dies spricht für Ihre Geduld.

Geduld, die man beispielsweise in einer Ehe benötigt.

Damit es aber nicht zu irgendwelchen Missverständnissen kommt:

Ich habe die beste Frau der Welt!! Nur mit ihr kann ich so schön über Scheidung reden!

PS: Die Coverbilder stammen von PantherMedia